BIBLIOTHÈQUE ROSE ILLUSTRÉE

TRADUIT DE L'ALLEMAND

ANNIE VON

PARIS
LIBRAIRIE HACHETTE
79, BOULEVARD

PRIX : 2 FRANCS

190 CONTES

POUR

LES ENFANTS

1770 — PARIS. IMPRIMERIE LALOUX Fils et GUILLOT

7, rue des Canettes, 7

Les cailloux. (Voy. page 143.)

LE CHANOINE SCHMID

190 CONTES

POUR

LES ENFANTS

TRADUITS DE L'ALLEMAND

PAR ANDRÉ VAN HASSELT

et illustrés

DE 29 GRAVURES SUR BOIS

PAR BERTALL

CINQUIÈME ÉDITION

PARIS

LIBRAIRIE HACHETTE ET Cie

79, BOULEVARD SAINT-GERMAIN, 79

1879

PRÉFACE

Parmi les hommes qui, dans ces dernières années, ont consacré leur plume à produire des livres destinés au jeune âge, il n'en est point qui ait obtenu une réputation plus universelle et mieux méritée que le chanoine CHRISTOPHE VON SCHMID.

En France, comme en Allemagne, les plus vives sympathies ont accueilli l'auteur des *Œufs de Pâques* et de tant de contes ravissants dont la lecture, depuis vingt ans, fait, dans tous les pays de l'Europe, le charme des veillées et des loisirs de la jeunesse.

Aussi bien, nous ne sachions pas d'écrivain qui ait mieux compris le véritable caractère de la littérature spéciale à laquelle M. von Schmid a attaché son nom. Aucun n'a su mieux se mettre à la portée de ses jeunes lecteurs, soit en leur racontant quelque événement de la vie ou une de ces légendes populaires qui abondent en Allemagne, soit en leur présentant quelque allégorie sous la forme vivante d'une histoire ou d'un conte.

Mais parmi les nombreux ouvrages de cet homme célèbre, il en est un qui a plus particulièrement obtenu les suffrages des personnes qui s'intéressent au développement moral de l'enfance : c'est le recueil que l'auteur a publié sous le titre de *Petits Contes*, et qui a été traduit dans presque toutes les langues européennes. Rien de plus simple et de plus naïf que ces récits ; rien de plus attrayant et de plus frais que ces historiettes, où l'imagination la plus délicate et l'esprit le plus fin se cachent à force d'art, mais d'où rayonne une moralité toujours si vraie et si facile à saisir par les jeunes intelligences auxquelles ils s'adressent. C'est le cours de morale en action le plus complet qu'il soit possible de faire. Pour chaque vertu qu'il faut inculquer au jeune âge, pour chaque vice et pour chaque défaut dont il importe de corriger l'enfant, pour chaque sentiment noble et élevé qu'il faut développer en lui, pour chacun des nombreux devoirs que l'on a à remplir envers Dieu, envers soi-même et envers son prochain, ces petits contes renferment une leçon d'autant plus fructueuse, que résultant directement et sans effort d'une petite histoire intéressante et animée, elle frappe plus vivement l'esprit.

On comprend aisément le succès considérable que ce livre a dû trouver. La littérature française en compte à elle seule plusieurs traductions. Mais nous n'en connaissons guère qui le produise tel qu'il est sorti de la pensée de l'auteur, et qui n'en ait altéré l'essence et l'économie.

Voici, en effet, le plan primitif que M. von Schmid s'est proposé, et qu'il a fidèlement suivi:

Son recueil se compose de cent quatre-vingt-dix contes, divisés en quatre parties bien distinctes.

Les sujets des quarante-cinq morceaux qui forment la première division sont exclusivement empruntés au règne végétal: d'abord aux fleurs et aux fruits qui séduisent le plus les enfants, les uns par leur saveur, les autres par leur éclat; ensuite, aux arbres, aux arbustes, aux céréales et aux plantes légumineuses.

Les sujets des quarante-cinq morceaux suivants qui constituent la deuxième division, sont tirés du règne animal et du règne minéral.

La troisième division, qui comprend cinquante récits, a d'abord pour objet les principaux phénomènes météorologiques, et produit ensuite une série d'historiettes ayant pour objet la culture du cœur de l'enfant.

Enfin, la quatrième partie, également composée de cinquante contes, forme la continuation de la seconde partie de la section précédente.

Tel est l'ordre suivi par l'auteur de ce livre, si parfaitement en harmonie avec les goûts qui se développent successivement dans les enfants et avec l'intérêt que ceux-ci prennent graduellement aux choses de la nature.

Or, dans presque toutes les traductions qu'on a
faites de cet ouvrage, cet ordre naturel a été totalement détruit ; les divisions établies par M. von Schmid
ont été supprimées, les contes mêlés au hasard sans
suite et sans logique. De sorte que le livre primitif
n'existe plus ; car, dans la forme française qu'on y a
donnée, il ressemble à un édifice démoli, dont vous
retrouverez, il est vrai, chaque colonne et chaque
pierre intactes, mais qui ne présente plus le moindre
ensemble.

Pour ce motif, nous avons essayé la traduction
nouvelle que nous offrons aujourd'hui aux mères de
famille, et dans laquelle nous avons conservé le plan
et la pensée de l'auteur sans y rien changer. Nous
nous estimerions heureux si nous avions réussi à con-
server aussi dans notre version une partie du charme
et de la naïveté dont M. von Schmid est un si par-
fait modèle.

A. v. H.

Bruxelles, le 15 décembre 1855.

190 CONTES

POUR

LES ENFANTS

PREMIÈRE PARTIE

I

LE JARDIN

M. Albert avait un beau jardin, situé non loin de la porte de la ville. Son fils, le petit Max, prenait un plaisir extrême à voir les jolies fleurs qui y croissaient. Aussi le père lui assigna-t-il un carré de terre où il pût s'amuser à planter et à cultiver des fleurs. Le jardinier se mit aussitôt à bêcher et à ratisser le petit parterre, et l'entoura d'une bordure de primevères toutes vertes et garnies de boutons qui étaient près de s'ouvrir.

Après quelques jours de pluie, le père retourna au jardin avec son fils. Max fut émerveillé à la vue de ses primevères jaunes, dorées et rouges, qui étaient toutes épanouies. Mais il fut au comble de l'étonnement en remarquant, au milieu du parterre que ces fleurs encadraient, trois grandes et belles lettres

— MAX — formées de toutes petites feuilles d'un vert charmant.

Après un moment de stupéfaction :

« Que vois-je ? s'écria-t-il. Voilà que mon nom est sorti de terre ! Oh ! mon cher papa, dites-moi comment ces lettres si grandes et si belles ont pu croître ainsi ? »

M. Albert lui répondit en souriant :

« Tu ne crois donc pas que cela soit l'ouvrage du hasard ? Peut-être le vent a-t-il semé les petites graines de telle manière qu'ayant levé, elles ont dû produire ces lettres.

— Non, non, cela est impossible, répliqua Max. Mais tenez, je commence à comprendre. Ces lettres, vous les avez dessinées dans mon parterre ; vous y avez semé de petites graines de cresson ; puis vous les avez recouvertes de terre, et c'est ainsi que ces gentilles plantes ont pu se produire dans ce bel ordre. J'en suis parfaitement sûr. Avouez, cher papa, que vous avez fait cela pour me causer une agréable surprise !

— Éh bien, oui, reprit M. Albert. Tu es donc bien certain que c'est moi-même qui ai formé ces lettres. Maintenant, regarde ces fleurs qui bordent ton parterre. Ne sont-elles pas dessinées avec beaucoup plus d'art encore que ces lettres, et, de plus, ne sont-elles pas merveilleusement peintes ? N'y aurait-il pas quelque part une intelligence supérieure qui a enfermé les éléments de ces fleurettes charmantes dans les petites graines d'où elles sont sorties ? N'y aurait-il pas quelque part un cœur tendre et affectueux qui fait croître, pour le plaisir de l'homme, ces fleurs si jolies et si variées ? »

Max saisit la main de son père et s'écria :

« Oh ! cher papa, je le vois à présent plus clairement que jamais : Dieu a créé ces fleurs, et toutes
les fleurs plus belles encore qui remplissent ce jardin pour nous montrer combien il nous aime.

— C'est vrai, mon enfant, repartit M. Albert. Notre
jardin rempli de fleurs est un grand livre sur chaque
feuille duquel nous pouvons lire combien Dieu est
bon, affectueux, puissant et sage.

> Le monde entier proclame, en sa magnificence,
> La sagesse de Dieu, son amour, sa puissance.

II

LES PLUS BELLES FLEURS

Louis s'arrêta dans le jardin devant un rosier
fleuri et dit à ses sœurs :

« La rose est pourtant la plus belle de toutes les
fleurs !

— Le lis qui s'élève là-bas au milieu de cette plate-bande n'est pas moins beau que la rose, répondit
Caroline. Je tiens ces deux fleurs pour les plus admirables qu'il y ait : aucune autre ne saurait leur être
comparée.

— Cependant, interrompit la petite Anna, gardez-
vous de déprécier les charmantes violettes. Elles sont
si gentilles, et, au printemps dernier, elles nous ont
fait bien du plaisir. »

La mère, qui avait entendu la conversation des enfants, leur dit :

« Ces trois sortes de fleurs qui vous plaisent tant,
sont les emblèmes de trois belles vertus. L'humble
violette bleue est le symbole de la *modestie ;* le lis
blanc est le symbole de l'*innocence*, et cette rose d'un
rouge si éclatant ne semble-t-elle pas vous dire :
« Enfants, que votre cœur brûle toujours d'amour
« pour Dieu, pour les hommes et pour tout ce qui est
« bien ; car cet amour seul est la véritable bonté ? »

> Retenez cette vérité :
> Les plus belles fleurs de l'enfance,
> Ce sont, enfants, la piété,
> La modestie et l'innocence.

III

LES ROSES

Un fermier, qui habitait une métairie isolée, avait
été à la ville pendant le mois de mars. Il en rapporta
un rosier qu'il s'empressa de planter dans son jardin.
La petite Marguerite, sa fille, qui n'avait jamais vu de
rosier, dit à son père :

« Mais que faites-vous donc là ? Comment pouvez-
vous songer à mettre précisément au milieu d'un beau
parterre cet arbuste desséché et tout garni de piquants ?
Le triste ornement que celui-là ! Cette épine déparera
notre jardin.

— Un peu de patience seulement, un peu de patience, ma chère enfant, lui répondit le père. Cette même épine, comme tu l'appelles, produira des fleurs merveilleuses, telles que tu n'en as jamais vu de ta vie. »

Marguerite ne pouvait croire à un pareil miracle, et elle secoua d'un air incrédule sa tête aux cheveux bouclés.

Mais bientôt ce fut autre chose. L'arbuste épineux commença à bourgeonner, et il ne tarda pas à se couvrir d'un beau feuillage vert foncé. Puis de tout petits boutons poussèrent à ses branches et devinrent de plus en plus gros. Enfin, après que les auricules, les tulipes et les narcisses eurent cessé de fleurir, les boutons de rose s'épanouirent, et l'arbuste se montra couvert d'une multitude de fleurs dont Marguerite ne pouvait se lasser d'admirer la magnifique couleur pourpre et d'aspirer l'agréable parfum.

« Comme ces roses sont belles ! ne cessait-elle de s'écrier. Elles sont bien plus belles que toutes les autres fleurs, et font, sans contredit, le plus riche ornement de notre jardin.

— Mon enfant, lui dit alors son père, vois-tu maintenant comment des roses peuvent fleurir sur des épines ? A la vérité, il t'a fallu les attendre pendant tout le printemps, et Dieu sait avec quelle impatience ! Mais à présent tu reconnais quelle vérité profonde est renfermée dans ce proverbe : « Le temps amène les roses. » De même que cette épine produit des fleurs, de même les contrariétés de la vie sont souvent pour nous des causes de joie. Il nous faut les supporter avec résignation ; car

Le chagrin que Dieu nous envoie

Ressemble bien souvent à l'arbuste épineux.
Ils donnent des fleurs tous les deux,
La rose croît sur l'un, de l'autre naît la joie.

IV

LE LIS

Au milieu du charmant petit jardin de Louise,
dans un parterre entouré d'une bordure de buis, on
voyait briller de tout son éclat un lis d'une blancheur
éblouissante. L'enfant, qui était à peine un peu plus
haute que la tige du lis, regardait un matin cette
fleur si belle, qui, tout humide de rosée, étincelait
aux rayons du jour naissant comme si elle eût été
couverte de diamants. Puis elle éleva ses yeux ravis
et pleins de reconnaissance vers celui qui a créé le
soleil, la rosée et les fleurs. Ses parents, témoins des
sentiments pieux de leur fille, en furent au comble
de la joie, et ils se dirent tout bas :

« Belle et charmante comme cette fleur, n'est-elle
pas elle-même un lis d'innocence ? »

Mais, avant qu'une année se fût écoulée, Louise
mourut. Et, comme le lis venait de refleurir, l'in-
consolable mère se mit à fondre en larmes au souvenir de sa fille bien-aimée.

Alors le père lui dit :

« Quand ce lis, maintenant si beau, n'était encore
qu'une jeune plante qui croissait dans un coin du
jardin, je le déracinai, et notre Louise en eut un

grand chagrin, disant que c'était dommage. Mais, le lis étant devenu l'ornement du jardin, après avoir été mis dans un terrain plus propice, Louise s'en réjouit, et elle me remercia d'avoir transplanté sa fleur bien-aimée. C'est pourquoi ne pleure point, ô tendre mère. Au contraire, réjouis-toi; car notre enfant, enlevée à cette terre, ne brille-t-elle pas dans le ciel au milieu des anges!

Bien loin de ce monde profane.
Notre beau lis de pureté
La main de Dieu l'a transplanté
Dans le ciel où rien ne se fane,
Doux jardin de l'éternité.

V

L'ŒILLET

Un jardinier avait cultivé dans son jardin un œillet superbe, dont les vives couleurs et le parfum délicieux charmaient tout le monde.

Un jour, un homme de haute condition et sa femme entrèrent dans le jardin et se mirent à regarder la fleur.

Le monsieur dit :

« Les couleurs de cet œillet ne me paraissent avoir rien de remarquable. Toutefois le parfum en est exquis et d'une suavité extraordinaire.

— Oh! non répliqua la dame; c'est précisément le contraire. Les couleurs de cette fleur sont d'une beauté incomparable; mais il est fâcheux qu'elle n'ait pas le moindre parfum. »

Le jardinier ne pouvait rien comprendre à des jugements si contradictoires, quand il finit par s'apercevoir que le monsieur avait la vue très-mauvaise et que la dame était enrhumée.

Alors il se dit en lui-même :

« Hélas! ce qui vient d'arriver à propos de mon œillet si beau et si odorant, arrive souvent à propos des choses les plus belles et les plus précieuses. Parfois même les choses les plus nobles et les plus saintes sont des objets de blâme ou de critique pour les hommes qui n'ont pas l'intelligence nécessaire pour en comprendre toute la perfection. »

Dans les œuvres de Dieu si nous trouvons parfois
    Quelque chose à reprendre,
C'est qu'il nous manque un œil pour en saisir les lois,
    Un sens pour les comprendre.

VI

LE MUGUET

Rosine, dont le père était un pauvre journalier, se trouvait malade. La fille du bourgmestre du village, Charlotte lui apportait chaque jour une jatte de bouillon, parce que la pauvre enfant ne pouvait prendre d'autre nourriture.

Quand Rosine se trouva rétablie, elle se dit :

« Cette chère demoiselle s'est montrée si bonne pour moi pendant que j'étais malade! Elle a toujours pris la peine de m'apporter elle-même du bouillon.

Que je serais heureuse de pouvoir à mon tour lui rendre un grand service ! Si je pouvais seulement lui faire quelque petit plaisir ! »

Or, elle apprit que Charlotte aimait beaucoup les muguets. Aussi, le premier jour du mois de mai, elle alla dès le matin dans la forêt cueillir pour sa bienfaitrice un bouquet de ces charmantes fleurs.

Après avoir longtemps cherché, elle découvrit, tout au fond du bois, un grand nombre de muguets abrités à l'ombre d'un vieux chêne. Elle en cueillit ; puis elle s'assit au pied de l'arbre, et réunit en un bouquet ravissant les jolies feuilles vertes et les gracieuses fleurettes qui ressemblent à des grappes de clochettes blanches. Mais tout à coup elle entendit la voix de deux brigands qui causaient ensemble et qui étaient cachés dans un taillis voisin.

« Enfin, disait l'un d'eux, l'occasion s'offre de nous venger du bourgmestre qui a fait condamner mon frère à la reclusion. Car voici la clef de sa maison ; la servante a eu l'imprudence de la laisser sur la porte.

— Bon, répondait l'autre. Cette nuit, nous tuerons le bourgmestre avec sa femme et sa fille, et nous emporterons la caisse de la commune. »

Saisie de frayeur, Rosine s'esquiva tout doucement avec son bouquet, courut le porter à Charlotte et lui répéta mot à mot ce que les malfaiteurs avaient dit. Vers le soir, le bourgmestre manda secrètement plusieurs hommes armés, et il veilla avec eux dans le corridor de sa maison. A minuit, les brigands ouvrirent en effet la porte ; mais ils furent pris, et condamnés, peu de temps après, pour les crimes dont ils s'étaient rendus coupables.

Le bourgmestre dit alors à sa fille :

« Ma chère enfant, ta charité a appelé une grande bénédiction sur notre maison. Tu as rendu la santé à la pauvre Rosine en lui apportant un peu de bouillon, et avec la grâce de Dieu elle nous a sauvé la vie à tous. »

> Au malheureux, rempli d'angoisse, qui t'implore
> Ne refuse jamais une part de ton pain :
> Car peut-être Dieu veut qu'il te sauve demain
> D'une angoisse plus grande encore.

VII

LE MYOSOTIS

Un jour Sophie demandait à sa mère :

« Comment donc appelle-t-on les jolies petites fleurs bleu de ciel qui croissent au bord de ce ruisseau limpide? J'en ai vu souvent qui étaient peintes ou brodées, mais je n'en sais pas encore le nom.

— Ces charmantes et gentilles fleurettes, dont les couleurs sont aussi tendres que l'azur céleste, on les appelle *myosotis* ou oreilles de souris, répondit la mère. Mais en Allemagne elles se nomment : *ne m'oubliez pas* [1], parce qu'on a coutume de les donner aux amis dont on est sur le point de se séparer pour une longue absence. »

1. Vergissmeinnicht.

Sophie reprit :

« Je n'ai pas encore été dans le cas de m'éloigner de mes parents, de mes frères, de mes sœurs ou de mes amies. Je ne connais personne dont cette fleur pourrait me rappeler le souvenir.

— Cependant, répliqua la mère, je vais te nommer quelqu'un à qui elle doit te faire penser toujours : c'est celui qui l'a faite, c'est Dieu. Il n'est pas une fleur dans le jardin qui ne soit un souvenir de celui qui l'a créée et qui nous a créés aussi. »

Les étoiles là-haut et les fleurs ici-bas,
Les unes tout parfum, les autres tout lumière,
Votre main les créa, Dieu de notre prière,
Et chacune nous dit : « Oh! ne l'oubliez pas. »

VIII

LE RÉSÉDA

La jeune Blandine demandait un jour à sa mère :

« Pourquoi donc aimez-vous tant à laisser au bord de la fenêtre cette petite herbe verte, plantée dans un vase si élégant? Dans notre jardin il y a tant de fleurs qui sont bien plus belles. Comment cette chétive plante mérite-t-elle que vous la préfériez à toutes les autres?

— Il est vrai, répondit la mère, cette humble plante, appelée réséda, ne brille ni du pourpre de la rose, ni de la blancheur satinée du lis, ni des cou-

leurs riches et variées de la tulipe. Mais ses fleurs
sans apparence ni éclat ont un parfum si suave et si
doux, qu'il l'emporte même sur celui de la rose. Jusqu'à la fin de l'automne et même en hiver, lorsque
toutes les autres fleurs sont depuis longtemps flétries,
elles embaument encore la chambre de leur odeur
délicieuse. Aussi le réséda est-il une image de la
vertu humble et modeste, la seule qui ait un véritable
prix; car elle survit et elle reste quand toute autre
beauté est depuis longtemps évanouie. »

> D'un enfant, d'une fleur qu'importent les dehors,
>   Si le cœur mérite du blâme?
> Ne nous attachons point à la beauté du corps;
>   Mais plutôt à celle de l'âme.

IX

LA COURONNE DE FLEURS

Un vénérable vieillard célébrait son quatre-ving-
tième anniversaire. Ses enfants, rassemblés autour
de lui, le complimentaient; ils lui baisaient les mains
avec émotion et en versant des larmes de bonheur.
Pendant ce temps, ses petits-enfants lui offraient une
couronne de roses et de lis.

La grand'mère, présente à cette scène touchante,
leur dit :

« Cette couronne de roses et de lis est une image
bien vraie de la joie que vous éprouvez à voir la ver-

deur que votre aïeul a gardée sous ses cheveux blancs. Cependant, la plus belle couronne que les parents et les aïeuls puissent avoir, ce sont des enfants et des petits-enfants qui fleurissent comme des roses et qui soient purs et innocents comme des lis. »

Le grand-père ajouta, en s'adressant à ses petits-enfants :

« Afin que vos parents et vos aïeuls aient toujours ce bonheur, je veux faire copier cette couronne par un peintre habile. Au milieu du cercle de fleurs seront tracées en lettres d'or ces paroles, que tout enfant dont Dieu a orné les joues de l'aimable incarnat de l'innocence, doit graver profondément dans son cœur :

> L'enfant qui dans son cœur désire que Dieu l'aime,
> De la rose et du lis doit faire son emblème,
> Que son âme du lis possède la candeur,
> Et sur son front la rose épandra sa fraîcheur.

X

LES FRAISES

1

Un vieux soldat, qui avait une jambe de bois, arriva dans un village, où il tomba subitement malade. Ne pouvant continuer sa route, il fut obligé de se coucher sur la paille dans une grange, et il était fort à plaindre. La petite Agathe, fille d'un vannier très-pauvre, ressentit la compassion la plus vive pour le malheureux invalide. Elle allait le voir tous les jours, et chaque fois lui donnait vingt centimes.

Mais un soir l'honnête soldat lui demanda d'un ton fort inquiet :

« Ma chère enfant, j'ai appris aujourd'hui que vos parents sont pauvres. Dites-moi donc franchement où vous trouvez tout cet argent ; car j'aimerais mieux mourir de faim que d'accepter un centime que vous ne pourriez me donner en bonne conscience.

— Oh ! répondit Agathe, soyez sans inquiétude. Cet argent est légitiment acquis. Je vais à l'école dans le bourg voisin. Pour y arriver, il me faut traverser un petit bois où il y a une grande quantité de fraises. Chaque fois que j'y passe, j'en remplis un petit panier que je vends dans le bourg, et l'on m'en donne vingt centimes. Mes parents savent bien que je vous apporte cet argent, et ils ne s'y opposent point. Ils disent souvent qu'il y a des gens encore plus pauvres que nous, et que nous devons leur faire autant de bien que nos moyens nous le permettent. »

Le vieux soldat sentit des larmes d'attendrissement rouler de ses yeux et mouiller ses moustaches.

« Généreuse enfant, s'écria-t-il, que le bon Dieu vous récompense, vous et vos parents, de ces sentiments d'humanité ! »

Lorsque l'on a la bonne volonté,
Faire le bien est souvent si facile :
Car l'on trouve toujours pour le pauvre un asile,
Pour l'errant voyageur dans l'ombre une clarté.

Les fraises

2

Peu de temps après, un général, décoré de plusieurs ordres, passa dans le village. Il arrêta sa magnifique voiture de voyage à la porte de l'auberge, afin de faire rafraîchir les chevaux. Ayant entendu parler du soldat malade, il alla le voir.

Le vieux militaire n'eut rien de plus pressé que de lui raconter l'histoire de sa jeune bienfaitrice.

« Comment ! s'écria l'officier, une pauvre enfant a eu tant de bonté pour toi ! Eh bien, moi, ton ancien colonel, je ne puis faire moins qu'elle. Je vais de ce pas ordonner qu'on te transporte à l'auberge et qu'on t'y soigne aussi bien que possible. »

A l'instant même, il alla donner ses ordres. Puis il se rendit à la chaumière où demeurait la petite Agathe.

« Bienfaisante enfant, dit-il avec une émotion profonde, ta charité m'a touché le cœur, et les larmes m'en viennent aux yeux. Tu as donné au vieux soldat bien des pièces de vingt centimes. Tiens ! voilà en retour autant de pièces d'or. »

Les parents d'Agathe, tout stupéfaits, se récrièrent, disant :

« C'est beaucoup, beaucoup trop !

— Non, répondit le général : ceci n'est qu'une faible récompense ; mais votre vertueuse enfant en recevra une bien plus riche dans le ciel. »

Oh ! la douce bienfaisance
Et la sainte charité

Toujours trouvent, quoi qu'on pense,
Ici-bas, leur récompense
Comme dans l'éternité.

XI

LES CERISES

Une jeune fille, qui s'appelait Sabine et dont les parents étaient très-riches, occupait une chambre meublée avec beaucoup d'élégance, mais d'un aspect singulièrement désagréable à cause du désordre qui y régnait ; car Sabine ne la rangeait jamais, et toutes les exhortations que sa mère lui faisait à cet égard restaient infructueuses.

Un dimanche après midi, Sabine venait d'achever sa toilette et se disposait à sortir. En ce moment, la fille du voisin lui apporta une corbeille remplie de grosses cerises noires. Comme la table, les chaises, la commode et même les tablettes des fenêtres étaient encombrées de vêtements et d'autres objets, Sabine plaça provisoirement la corbeille sur un fauteuil garni d'une étoffe de soie bleue. Puis elle alla se promener avec sa mère dans le village.

Le soir, quand l'obscurité fut venue, elle rentra à la maison et monta aussitôt à sa chambre. Comme elle était fatiguée de la promenade qu'elle avait faite, elle se jeta dans le fauteuil. Mais à peine y eut-elle pris place, qu'elle se releva brusquement en poussant un grand cri d'effroi : elle s'était assise précisément sur la corbeille remplie de cerises.

Au cri que la jeune fille avait jeté, sa mère accourut, une lumière à la main. Quel spectacle s'offrit alors à leurs yeux ! Les cerises étaient toutes écrasées ; un jus noir coulait de tous côtés le long du fauteuil, et la robe neuve de Sabine, une robe de taffetas blanc, en était tellement endommagée, qu'elle ne put dorénavant plus servir. Ce que voyant, la mère réprimanda sévèrement sa fille.

« Tu vois maintenant, ajouta-t-elle, combien il est nécessaire de ranger sa chambre et de mettre chaque chose à sa place. Te voilà bien punie de ta négligence et de tes habitudes de désordre. Puisses-tu retenir désormais cette sentence ·

En toute chose ayez de l'ordre, dit un sage ;
Il nous rend tout facile, et travail et devoir.
Sans ordre, on ne recueille et l'on ne peut avoir
Que confusion et dommage.

XII

LE JEUNE POMMIER

Godefroid et Christine ne songeaient qu'à se rendre agréables à leurs bons parents. Un jour qu'ils les aidaient à travailler dans le jardin, leur père se prit à dire :

« Il faudrait encore un arbre dans ce coin-là. Je tâcherai de m'en procurer un. »

Or, la fête de leur père étant prochaine, les pieux

enfants réunirent leurs épargnes et achetèrent secrètement un joli petit pommier. La veille. du jour si ar-
demment désiré, il se glissèrent furtivement dans le
jardin pour planter le jeune arbre à l'endroit désigné.

« Comme notre père sera content, se disaient-ils
l'un à l'autre, quand il viendra demain dans le jardin
et qu'il verra là ce joli pommier ! »

Christine tenait le petit arbre, tandis que Godefroid
creusait avec la bêche un trou dans la terre. Tout à
coup ils entendirent craquer et sonner quelque chose
au fond du trou sous les coups de la bêche. Godefroid
venait de casser un vase de terre enfoui dans le sol ;
et, à la clarté de la lune, les enfants virent avec surprise que ce vase contenait plusieurs pièces d'or, outre une quantité de pièces d'argent.

« Un trésor ! un trésor ! » s'écrièrent-ils transportés
de joie.

Et ils coururent bien vite annoncer à leurs parents
cette bonne trouvaille.

« Mes chers enfants, dit le père, Dieu a voulu récompenser la tendresse que vous avez pour ceux qui
vous ont donné le jour. Il ne manque jamais de récompenser l'amour filial, quoiqu'il ne le fasse pas
toujours d'une manière aussi extraordinaire. Continuez
d'être sages, et le Seigneur vous donnera des trésors
plus précieux que l'or et l'argent. »

> A l'enfant qui respecte et son père et sa mère,
> Et qui par son amour répond à leur amour,
> Dieu, notre père à tous, Dieu promet, à son tour,
> Son amour dans le ciel, son appui sur la terre

Les pommes.

XIII

LES POMMES

George, enfant très-étourdi, regardait un matin par la fenêtre dans le verger du voisin. Il y vit une quantité de belles pommes rouges qui étaient éparses sur l'herbe.

Aussitôt il descendit, se glissa dans le verger par une trouée qu'il avait remarquée dans la haie, et remplit de pommes toutes les poches de son habit et de son gilet.

Tout à coup le voisin entra dans le verger, un bâton à la main. Au même instant, George, qui l'avait aperçu, s'élança aussi vite qu'il put vers la haie pour repasser par où il était venu.

Mais, ô malheur! ses poches étaient tellement remplies, qu'il resta pris dans l'ouverture trop étroite pour lui livrer passage. Jugez comme il trembla en se voyant attrapé, et de quelle honte il fut saisi en se trouvant, comme un indigne voleur, en présence du voisin !

Il dut restituer toutes les pommes qu'il avait dérobées. Après quoi, le voisin lui dit, en lui administrant quelques bons coups de bâton :

« N'oublie pas ceci, mon garçon :

> Tu ne voleras point, nous dit la loi suprême;
> Prendre le bien d'autrui, c'est se prendre soi-même
> Dans un piége certain, d'où l'on ne sort, dit-on,
> Jamais qu'avec la honte.... ou des coups de bâton.

XIV

LE GRAND POIRIER

Le vieux Robert était assis à l'ombre d'un grand poirier qui s'élevait devant sa maison. Ses petits-fils mangeaient des fruits de cet arbre, et ils n'en pouvaient assez louer la délicieuse saveur.

Alors le grand-père leur dit :

« Il faut, mes enfants, que je vous raconte comment ce poirier a été planté ici. Un jour, il y a plus de cinquante ans, je me trouvais dans ce même endroit où se dresse maintenant cet arbre. L'espace était vide alors, et je me plaignais de ma pauvreté à l'un de mes voisins, homme fort riche. « Ah ! lui disais-je, je serais heureux et content si je pouvais seulement me faire une petite fortune de cent écus ! »

« Cela n'est guère difficile, pourvu que tu saches comment t'y prendre. A cet endroit même où te voilà debout, il y a plus de cent écus cachés dans la terre. Il ne s'agit que de les en tirer. »

J'étais encore à cette époque un jeune homme sans expérience. Aussi, la nuit suivante, je me mis à creuser un trou profond dans la terre. Mais, à mon grand désappointement, je n'y trouvai pas un seul écu.

Le lendemain matin, quand le voisin vit le trou que j'avais creusé, il éclata de rire.

« Innocent que tu es, me dit-il, ce n'est pas ainsi que je l'entendais. Mais, puisque voilà le trou creusé, je vais te donner un pied de poirier ; tu le planteras là, et en peu d'années il te rapportera plus que la fortune que tu désires. »

Je plantai donc le jeune arbre. Il grandit, et devint le magnifique poirier que voici. Les fruits abondants et délicieux qu'il a fourni depuis tant d'années, m'ont produit bien plus de cent écus, et il ne cesse pas d'être un capital qui donne de très-gros intérêts. Aussi la devise de mon sage voisin n'est-elle jamais sortie de ma mémoire. La voici, mes chers enfants ; retenez-la bien et tirez-en votre profit :

Je vous le dis, croyez ma vieille expérience :
Voulez-vous dignement faire votre chemin,
Ne comptez sur hier pas plus que sur demain,
Mais sur le travail seul et sur la patience.

XV

LA POIRE

Une dame noble conduisit son fils Adolphe à la cour d'un prince, où elle avait réussi à le faire admettre en qualité de page. En prenant congé de lui, elle ne put retenir ses larmes, et elle lui adressa les plus touchantes exhortations qu'une mère puisse faire à son enfant.

« Mon cher fils, lui disait-elle entres autre choses, aie toujours Dieu présent à ta pensée, et ne fais jamais rien sans songer que Dieu te voit. Porte un respect filial au prince, ton maître, et une affection fraternelle à tes compagnons. Surtout, tiens-toi en garde contre ton penchant habituel, la gourmandise. »

Adolphe fut attaché au servi de la table du prince. Un jour il portait dans un plat d'argent des poires cuites au sucre. Elles lui parurent si appétissantes, qu'il ne put résister à la tentation d'en manger une. A la vérité, les sages exhortations de sa mère lui revinrent à l'esprit ; mais il finit par céder aux sollicitations de la gourmandise, Avant d'entrer dans la salle à manger, il prit à la dérobée une poire et l'avala avec avidité. Mais à peine eut-il posé le plat sur la table, que le malheureux enfant tomba roide mort sur le parquet. La poire, qui était encore très-chaude, lui avait brûlé le gosier et l'estomac.

La gourmandise est un vilain péché.
Il faut le fuir de toute notre force.
C'est un fruit qui séduit par sa brillante écorce,
Mais où toujours un ver se tient caché.

XVI

LES PRUNES

Un jour Mme de Halden était allée, avec ses quatre enfants, faire visite à leur grand-père, qui les reçut dans son beau jardin. Le vieillard apporta sur une feuille de vigne quatre prunes qui étaient jaunes comme de l'or et aussi grosses que des œufs. C'étaient les seules qu'il eût trouvées mûres.

« Je vous laisse, leur dit-il en plaisantant, le soin de chercher vous-mêmes un moyen de partager, sans fraction, ces quatre prunes entre cinq personnes.

— Oh! je m'en charge, répondit Lénore, la plus âgée des deux filles. Seulement permettez moi de combiner à ma guise les nombres pairs avec les impairs. »

Alors elle prit les quatre prunes et dit

« Ma sœur, moi et une prune font trois; mes deux frères et une prune font aussi trois; deux prunes et maman font encore trois. De cette manière le partage est exact, et il n'y a point de fraction. »

Les frères et la sœur de Lénore furent enchantés de cette répartition. Mais Mme de Halden, ravie de l'ingénieuse combinaison que sa fille venait de faire, et surtout de la bonté de cœur qu'elle venait de montrer, voulut que chacun de ses enfants acceptât une prune. Le grand-père donna, en outre, un beau bouquet à Lénore.

« Car, dit-il, si l'ingénieux calcul de ma petite Lénore fait beaucoup d'honneur à son esprit, il en fait plus encore à son cœur filial. »

L'esprit est fait pour plaire : on l'estime, on l'honore;
Mais un cœur noble et pur, on l'aime mieux encore.

XVII

LA NOIX

Sous un grand noyer qui s'élevait près du village, deux enfants trouvèrent une noix.

« Elle m'appartient ! s'écria Ignace ; car c'est moi qui l'ai vu le premier.

— Non, elle est à moi, reprit Bernard ; car c'est moi qui l'ai ramassée. »

Là-dessus une violente querelle s'engagea entre eux.

« Allons, mes amis, je vais vous mettre d'accord, » leur dit un garçon plus âgé et plus fort qui survint en ce moment.

En effet, il se plaça entre les deux enfants, ouvrit la noix et s'adressant à eux :

« Cette coquille appartient à celui qui a le premier vu la noix. L'autre appartient à celui par qui la noix a été ramassée. Quant à l'amande je la garde pour les frais du jugement. »

Puis il ajouta en riant :

« Voilà quelle est la fin ordinaire de tous les procès. »

Les procès ne sont rien que piéges et détours :
On n'y gagne jamais et l'on y perd toujours.

XVIII

BROU DE NOIX

La petite Hélène trouva dans le jardin une noix qui était encore enveloppée de son écale verte. Elle la prit pour une pomme et voulut la manger. Mais à peine y eut-elle mordu, qu'elle s'écria en la jetant bien vite :

« Fi! comme elle est amère ! »

Son frère Conrad, qui était plus avisé, ramassa aussitôt la noix et en détacha l'écale avec ses dents. Puis il dit à sa sœur :

« Je ne me laisse pas rebuter par cette écorce amère, car je sais qu'elle renferme une amande bien douce et dont je me régalerai avec d'autant plus de plaisir. »

> Il faut se résigner parfois
> A quelque déplaisir, quand le but le demande.
> La peine est le brou de la noix.
> **Mais le résultat c'est l'amande.**

XIX

LA COQUILLE DE NOISETTE

Le vieux comte de Nordstern était un zélé défenseur de la vérité et de la justice. Aussi avait-il pour ennemis tous ceux qui avaient eu quelque chose à démêler avec les lois. Quelques-uns étaient même tellement irrités contre lui, qu'ils conjurèrent sa perte. Ils gagnèrent à prix d'argent un assassin qui se chargea de le tuer la nuit suivante.

Le noble comte n'eut aucun pressentiment du danger qui le menaçait. Dans la soirée, ses neveux vinrent encore lui faire visite. Heureux et content de se trouver au milieu de ces charmants enfants, il les régala de pommes, de poires, de raisins et de noisettes. Après qu'ils furent partis, il alla se coucher, se recommanda à la protection de Dieu et s'endormit dans la plus complète sécurité.

Vers minuit, le meurtrier, qui s'était furtivement introduit dans l'hôtel du comte, entra doucement dans la chambre. Le bon vieillard dormait d'un profond sommeil, et près de son chevet brûlait une petite veilleuse, dont un écran vert atténuait encore la faible clarté. Guidé par cette pâle lumière, l'assassin se dirigea vers le lit, tenant à la main droite un poignard soigneusement affilé.

Mais tout à coup un craquement si violent se fit entendre dans la chambre, que le comte se réveilla en sursaut et se leva sur son séant. Ayant aperçu le meurtrier, il décrocha rapidement du mur un pistolet suspendu au-dessus de son chevet et coucha le misérable en joue. Le bandit, saisi d'effroi, laissa échapper le poignard de sa main et demanda grâce. Sur ces entrefaites, le comte ayant agité sa sonnette, les domestiques de l'hôtel accoururent et s'élancèrent sur l'assassin, qui fut obligé de se rendre et de nommer ses complices.

Le comte voulut connaître la cause du craquement violent qui l'avait réveillé. Chose étrange! un des enfants avait par mégarde laissé tomber sur le parquet une coquille de noisette, et le brigand l'avait écrasée en marchant dessus.

« Bon Dieu! s'écria alors le vieillard, c'est grâce à votre divine providence qu'une simple coquille de noisette a suffi pour me sauver la vie, pour déjouer un odieux complot et pour livrer les malfaiteurs au glaive de la justice! »

Il est un Dieu dont l'œil sans cesse veille
Sur ses enfants, la nuit comme le jour.
Son bras, qui sur les bons s'étend avec amour,
Sait frapper les méchants que le crime conseille.

XX

LES NOIX DORÉES

La veille de Noël, plusieurs enfants regardaient avec admiration l'arbre aux cadeaux que les familles allemandes ont coutume d'apprêter ce jour-là dans la grande salle de la maison, en souvenir de la naissance de l'enfant Jésus. C'était un beau sapin vert; à chacune de ses branches, chargées de bougies allumées, étaient suspendus toute sorte de bonbons et de joujoux. On y voyait briller aussi une quantité de noix dorées. Le Petit Pierre, dont elles avaient attiré les regards, brûlait du désir de les avoir en partage.

« Mon enfant, lui dit sa mère, ces noix ne sont qu'un ornement de l'arbre : il faut les y laisser. Si tu as envie de manger des noix, en voici d'autres. »

Mais Pierre s'écria en pleurant :

« Non, non, je ne veux pas de noix brunes; je veux ces noix dorées, qui doivent être bien plus douces à manger. »

Le meilleur moyen de punir les enfants volontaires, c'est quelquefois de céder à leurs caprices. Aussi la mère donna-t-elle les noix dorées à Pierre. Après quoi elle distribua toutes les noix brunes entre les autres enfants.

Pierre fut transporté de joie et s'empressa de casser les belles noix. Mais quel fut son désappointement lorsqu'il s'aperçut qu'elles étaient vides, et sa confusion, en voyant ses frères et ses sœurs se moquer de lui!

Alors le père dit :

« Ces noix n'étaient pas destinées à être mangées; elles servaient simplement à embellir l'arbre de Noël. Je me suis donc contenté de coller ensemble des coquilles vides et de les recouvrir d'un peu d'or faux. Du reste, mes enfants, bien des choses dans le monde ressemblent à ces noix : brillantes au dehors, elles sont vides au dedans. Aussi retenez cette maxime :

Ne nous laissons jamais séduire
Par des dehors trop éclatans.
La coque d'or a beau reluire,
Si l'on ne trouve rien dedans.

XXI

LES CHATAIGNES

Kilian était un jeune garçon très-gourmand. Avait-il une pièce de monnaie, il se hâtait de la dépenser en friandises. Un jour, il vit au marché de très-belles châtaignes. Comme il n'en avait jamais vu, il demanda à la marchande si ces fruits bruns étaient bons à manger.

« Ces châtaignes-là? je le crois bien, répondit la femme. Achetez-en, mon jeune monsieur. Vous verrez qu'elles sont délicieuses, surtout quand on les a fait rôtir sous la cendre. »

Malheureusement, Kilian avait déjà dépensé son argent à d'autres friandises. Il prit donc furtivement une ou deux poignées de châtaignes, et les mit dans sa poche sans que la fruitière s'en aperçût.

A peine rentré à la maison, il se glissa dans la cuisine, et, comme il n'y trouva personne, il plaça les châtaignes au milieu de la cendre chaude. La chaleur commença bientôt à les faire siffler. Kilian prit plaisir à les entendre, et, pour les faire rôtir plus vite, il posa encore quelques charbons ardents sur la cendre et se mit à souffler dessus de toutes ses forces.

3

Tout à coup une des châtaignes éclata avec grand bruit. Les cendres et les charbons sautèrent avec une telle force au visage du petit imprudent, qu'il crut avoir les yeux brûlés et qu'il courut de tous côtés en pleurant et en criant comme s'il fût devenu aveugle.

Au bruit de l'explosion et aux cris de l'enfant, tous les gens de la maison accoururent à la cuisine, et l'on découvrit alors le larcin dont il s'était rendu coupable. Le petit voleur eut beaucoup à souffrir avant que ses yeux fussent complétement guéris. Il se repentit amèrement d'avoir cédé à un mauvais penchant, et souvent il se disait en lui-même :

Parfois la gourmandise au vol vient aboutir ;
Elle engendre toujours douleurs et repentir.

XXII

LES RAISINS

Par une de ces chaudes journées dont on jouit souvent encore au commencement de l'automne, Wilhelmine revenait de la promenade. En rentrant, elle trouva sur sa table à ouvrage une petite corbeille remplie de grappes de raisins, dont les unes étaient d'un beau bleu foncé, les autres, d'un beau jaune clair comme de l'or transparent, et qui formaient un contraste charmant avec les feuilles vertes au milieu desquelles elles étaient placées.

« D'où viennent donc, demanda-t-elle, ces magni-

fiques raisins, quand nous sommes à peine à l'entrée
de l'automne? Et à qui sont-ils destinés?

— A toi, mon enfant, lui répondit sa mère; Caroline, ton amie, te les envoie du pays des vignobles.
Ce sont les premières grappes qui ont mûri là-bas.

— Oh! que mon amie est bonne! s'écria Wilhelmine, et comme je suis heureuse de l'affectueux souvenir qu'elle garde de moi! Je veux lui écrire à l'instant même pour la remercier. Si je savais seulement
lui faire plaisir à mon tour, je le ferais de tout mon
cœur.

— Je suis charmée, reprit la mère, de tes bons
sentiments envers Caroline. Une seule pensée m'at-
triste en ce moment. Depuis le jour où tu cueillis les
premières fraises jusqu'à cette heure où tu viens de
recevoir ces grappes de raisins, nos arbres nous ont
donné une quantité d'excellents fruits; et cependant
je n'ai jamais remarqué que tu aies remercié aussi
vivement le bon Dieu. Chaque fruit n'est-il pas un
don de sa munificence? Ne devrions-nous donc pas
lui en être reconnaissants et nous efforcer de lui témoigner notre gratitude et de lui être agréables, à lui
qui a tant de bonté pour nous? Dorénavant, ma fille,
remercie-le plus cordialement de tout ce qu'il fait
pour toi. »

Offrons à Dieu tout notre amour,
Car il comble sa créature
De mille bienfaits chaque jour,
Ce père généreux qui jamais ne mesure.

XXIII

LE CEP DE VIGNE

Un jardinier avait planté devant sa maison un cep, qui avait fini par en couvrir la façade tout entière de son riche feuillage et qui portait des raisins délicieux.

Son voisin lui enviait cette belle vigne, et il vint, une nuit, couper quelques-unes des branches les plus vigoureuses.

Le lendemain, quand le jardinier trouva sa vigne mutilée de la sorte, il fut très-affligé; car on ignorait encore à cette époque combien la taille est utile à cet arbre pour lui faire porter plus abondamment.

« Je pleurerais volontiers, dit le pauvre homme, comme fait elle-même ma vigne, qui semble regretter la perte de ses verdoyants rameaux. »

Mais, ô prodige! la vigne donna, cette année-là, une récolte plus abondante et des raisins plus beaux qu'elle n'en avait jamais produit jusqu'alors.

> Souvent le mal qu'un ennemi nous fait,
> Dieu le transforme et le change en bienfait.

XXIV

LE VIGNOBLE

Un vigneron étant à l'article de la mort, dit à ses trois fils :

« Mes chers enfants, je n'ai d'autre héritage à vous laisser que notre petite maison et le clos de vigne qui est situé tout à côté, mais où se trouve enfoui un riche trésor. Fouillez-y bien, et vous trouverez le trésor caché. »

Après la mort du père, les fils se mirent à remuer la terre avec la plus grande ardeur. Cependant, ils n'y trouvèrent ni or ni argent. Mais, l'automne venu, le clos, qu'ils avaient bêché si vaillamment, produisit une quantité de raisins bien plus considérable qu'auparavant, et leur revenu s'en trouva doublé cette année-là.

Alors les fils comprirent ce que le père avait voulu dire en leur parlant du trésor caché dans la vigne, et ils tracèrent en grosses lettres ces deux vers sur la porte du clos :

Le champ le plus ingrat cache une mine d'or,
Mais le travail peut seul découvrir ce trésor.

XXV

LA BRANCHE VERTE

Frédéric était un garçon d'une étourderie et d'une pétulance extrêmes. En vain lui faisait-on des remontrances, il n'en tenait pas le moindre compte; au contraire, il les tournait en dérision.

Un jour, il alla avec sa sœur Marthe au jardin, où chacun d'eux avait un petit parterre. Celui de la jeune fille, entretenu avec soin, était orné des plus belles fleurs, tandis que celui de Frédéric, envahi par les mauvaises herbes, était entièrement inculte.

« Mon frère, mon frère, lui dit sa sœur, comme tu négliges ta plate-bande! et quel désordre y règne! Crois-moi, si tu n'es pas plus rangé, il t'arrivera certainement ce que maman dit souvent : « Tu ne parviendras jamais à la branche verte [1]. »

L'avis de Marthe était sage. Cependant Frédéric s'en moqua, et se mit à grimper sur un grand poirier. Puis il s'écria :

« Tiens, Marthe, regarde-moi donc. Ne suis-je pas sur la branche verte? »

Au même instant, crac, la branche se rompt, Frédéric tombe à terre et se casse un bras.

Ne jetons pas au vent les leçons qu'on nous donne,

---

1. Expression tout à fait allemande, qui veut dire : « Tu ne prospéreras jamais. »

Ni les sages conseils qu'on nous prodigue aussi,
Sans quoi nous nous verrons, quand l'heure de Dieu sonne,
Punis sans grâce et sans merci.

XXVI

L'ÉCLAT DE BOIS

Par une rigoureuse soirée d'hiver, un honnête messager revenait chargé d'une grosse somme d'argent. Au détour d'un chemin, il fut assailli par un voleur qui le dévalisa après l'avoir tué. On trouva son corps étendu sur la neige toute rougie de son sang.

La même nuit, le magistrat du village fit allumer des flambeaux et alla examiner le théâtre du crime. Il y trouva un éclat de bois qui paraissait provenir d'un bâton noueux. Il le ramassa sans rien dire et le mit dans sa poche.

Le lendemain matin, au moment où il entrait dans la salle du conseil communal, il voit, déposé près de la porte, le bâton du garde champêtre; il l'examine, et s'aperçoit qu'il y manque un éclat de bois exactement semblable à celui qu'il avait trouvé, la veille, près du cadavre du messager. Soupçonnant que le garde champêtre est l'auteur du crime, il le fait arrêter sur-le-champ et mettre en prison.

L'assassin nia d'abord obstinément le fait. Mais le petit morceau de bois, tout muet qu'il était, déposait trop ouvertement contre lui. Le scélérat ne put tenir contre ce témoignage. Il pâlit, et avoua son crime. Il avait appris, disait-il, que le messager devait venir verser à la caisse du receveur du canton une somme d'argent considérable qui provenait des contributions d'une commune voisine, et la soif de l'or l'avait poussé à tuer un homme qui ne lui avait jamais fait le moin- dre mal.

Sans ouvrir la sacoche qui renfermait l'argent, il l'avait cachée sous une pile de bois, de manière qu'il n'avait pas même vu le trésor pour lequel il s'était rendu coupable d'un assassinat.

Ayant été condamné à mort, il fut décapité en présence d'une grande multitude. Chacun s'étonnait qu'une si petite circonstance eût suffi pour faire découvrir l'auteur d'un crime commis dans le plus grand secret, et il n'y eut personne qui ne songeât avec admiration aux moyens que la justice de Dieu emploie souvent pour faire connaître la vérité aux hommes.

> Nous avons beau cacher dans une nuit profonde
> Le mal que nous faisons. Dieu le voit; c'est assez.
> Par un éclat de bois il le révèle au monde,
> Ou fait parler les morts dans leurs tombeaux glacés.

XXVII

LES FEUILLES DE CHOU

Une mère laborieuse cultivait dans son potager des légumes de toute espèce. Un jour elle dit à sa fille : « Lisette, regarde ces petits points jaunes à l'envers de cette feuille de chou. Ce sont autant de petits œufs d'où sortiront plus tard ces chenilles dont tu as tant de fois admiré les belles couleurs, mais qui sont si pernicieuses, et qui se transforment ensuite en papillons blancs comme tu en vois voltiger un là-bas. Tu auras soin, cette après-dînée, d'examiner toutes les feuilles et d'écraser les œufs que tu y trouveras. De cette manière, nos choux seront toujours verts et en bon état. »

Lisette crut qu'il serait toujours temps de faire cette besogne, si bien qu'elle finit par n'y plus penser du tout.

La mère tomba malade, et pendant plusieurs semaines, elle ne put descendre au jardin. Mais, lorsqu'elle se trouva rétablie, elle prit sa petite fille par la main et la conduisit auprès des carrés de choux. Quel spectacle s'offrit à leurs yeux ! Les choux étaient entièrement dévorés par les chenilles. Il n'en restait plus que les tiges et les côtes. Lisette, confuse et consternée, se mit à pleurer amèrement sur les suites de sa négligence. Alors sa mère lui dit :

« Voilà ce qui t'apprend à ne jamais remettre au lendemain ce que tu peux faire aujourd'hui. Cependant, il est une autre leçon, plus importante encore, qui semble écrite également sur ces feuilles si maltraitées. La voici :

> Dès le principe il faut au vice tenir tête ;
> Plus tard c'est en vain qu'on l'arrête.
> Laisse le mal te prendre un doigt, tu le verras
> Bientôt te prendre tout le bras.

XXVIII

LE GROS CHOU

En traversant un village, deux compagnons ouvriers, Joseph et Benoît, passèrent devant un jardin potager.

« Regarde donc, s'écria Joseph, comme ces choux sont énormes ! Je n'en ai jamais vu d'aussi gros.

— Bah ! répondit Benoît qui aimait à faire le rodomont, ces choux n'ont rien d'extraordinaire. Un jour, dans le cours de mes voyages, j'en ai vu un qui était plus gros que le presbytère que tu vois là-bas. »

Joseph, qui était chaudronnier de son métier, dit aussitôt :

« C'est un peu fort. Cependant je me rappelle bien d'avoir aidé un jour à faire un chaudron qui était aussi grand que l'église située là-bas à côté du presbytère.

— Mais, au nom du ciel ! reprit Benoît, que voulait-on faire de ce chaudron énorme ?

— Il devait servir sans doute à faire cuire ton chou, » répliqua Joseph.

A cette réponse, Benoît demeura tout confus.

« Ah ! je vois maintenant où tu voulais en venir, dit-il. Tu n'as pas l'habitude de mentir, et tu ne viens de parler ainsi que pour me faire sentir le ridicule du mensonge auquel je me suis laissé aller comme un rodomont. C'est fort bien, et je te rends les armes, car :

Le proverbe est vrai, mon ami :
« A menteur menteur et demi. »
Celui qui sert un plat de mensonge, on le paie
Toujours dans la même monnaie.

XXIX

LE NAVET

Un pauvre journalier avait tiré de son potager un
navet d'une grosseur extraordinaire et qui faisait
l'admiration de tout le monde.

« Je vais le porter au château, dit-il, et en faire
hommage à M. le comte, car il aime extrêmement
que l'on soigne les champs et les jardins. »

Il le porta donc au château. Le seigneur le loua
beaucoup de son zèle, le remercia de son attention et
lui donna trois pièces d'or.

Un fermier du même village, qui était très-riche,
mais en même temps très-avare, entendit parler de
ce qui s'était passé.

« J'ai un veau superbe, dit-il; je vais à l'instant
même le conduire au château. Si M. le comte a donné
trois pièces d'or pour un misérable navet, combien
ne m'en donnera-t-il pas pour un veau comme le
mien ! »

Aussitôt il passa une corde au cou de l'animal, le
mena au château et pria le seigneur de l'accepter.
Mais le comte, qui comprenait fort bien le mobile
secret de l'avare, refusa d'accepter le présent.

Cependant le métayer insista et continua de supplier le seigneur de ne pas refuser un aussi modeste hommage. Le comte était un homme de grand sens.

« Eh bien, dit-il, puisque vous le voulez absolument, j'accepte votre cadeau. Mais, comme vous êtes si généreux envers moi, je ne peux pas l'être moins envers vous. Aussi, je veux vous faire un présent qui m'a coûté deux fois et même trois fois autant que la valeur de votre veau. »

Après avoir achevé ces paroles, il offrit au paysan interdit et consterné le gros navet dont il avait entendu parler.

<blockquote>
De ses talents, de son mérite,
Un cœur noble et modeste obtient toujours le prix.
Mais du succès d'autrui, c'est en vain qu'on s'irrite;
On n'en recueille rien que honte et que mépris.
</blockquote>

XXX

LE BEAU FRUIT COULEUR DE POURPRE

Le petit Louis était dans le jardin, et regardait avec admiration les végétaux exotiques qui, plantés dans des pots superbes, se trouvaient étalés sur une estrade à fleurs. Son attention fut particulièrement attirée par un petit arbuste garni de belles feuilles d'un vert foncé sur lesquelles se détachait une gousse de forme oblongue, dont le rouge brillant surpassait encore l'éclat du pourpre et de l'écarlate.

« Quel admirable fruit ! s'écria-t-il. Il n'y en a

Le navet.

pas de plus beau dans tout le jardin. Oh! sans doute, il doit être d'une saveur délicicieuse. »

Il regarda soigneusement autour de lui si personne ne l'observait. Puis il cueillit la gousse et se mit à la manger. Mais à peine y eut-il mordu, qu'il lui sembla que sa bouche était en feu. Il rejeta bien vite le fruit en pleurant et en criant, car la douleur qu'il éprouvait devenait de plus en plus cuisante.

Sa mère accourut aussitôt et lui dit :

« Enfant désobéissant, combien de fois ne t'ai-je pas défendu de manger des fruits que tu ne connais pas ! Te voilà maintenant puni de ta désobéissance. Cette gousse, si belle à voir, mais vénéneuse, c'est du piment ou poivre d'Espagne. Elle aurait pu t'empoisonner. Aussi est-elle une parfaite image du péché, qui nous séduit par ses dehors brillants, mais qui nous entraîne à la douleur et à la mort. »

Le vice quelquefois a des dehors charmants,
    Mais il faut s'en défendre ;
Car il ne donne rien que peines et tourments
    A qui s'y laisse prendre.

XXXI

L'ARBRE AUX PIÈCES D'OR

Le jeune Édouard prenait plaisir à mystifier les gens. Un jour il était dans sa chambre, occupé à écrire une lettre dans laquelle il devait enfermer six ducats tout neufs, déposés, à côté de lui, sur la table où il écrivait.

Émilie, sa petite sœur, entra dans la chambre. Elle vit briller ces beaux ducats et demanda à son frère :

« Mais, où donc croît cet or ? »

Édouard lui répondit :

« Ces pièces viennent sur un arbre qu'on appelle arbre aux ducats. On sème les pièces dans la terre comme des haricots, et chacune d'elles produit un gros buisson qui se couvre entièrement de ducats. »

Ayant dit ces mots, il se remit avec ardeur à écrire sa lettre. Pendant ce temps, Émilie prit les pièces, sans que son frère s'en aperçût. Puis elle courut au jardin et les sema dans la terre.

Comme Édouard achevait sa lettre, Émilie rentra dans la chambre.

« Cher frère, s'écria-t-elle, tu auras bientôt une grande quantité de ducats, car je viens de semer dans le jardin ceux qui étaient là. »

Le jeune garçon se leva tout fâché, prit Émilie par la main et courut avec elle au jardin.

« Montre-moi tout de suite, lui dit-il, l'endroit où tu as semé les ducats. »

Mais, soit que l'enfant ne pût se ressouvenir exactement de l'endroit où elle avait enfoui les pièces d'or, soit qu'un des journaliers qui travaillaient dans le jardin les eût secrètement enlevées, les ducats furent perdus.

Lorsque le père eut appris ce qui venait de se passer, il dit à Édouard :

« Te voilà justement puni de ton mensonge par la perte de tes six ducats. Il est vrai qu'on doit avoir bien peu de raison pour semer des pièces d'or et croire qu'il en viendra des arbres qui porteront des ducats. Mais ta sœur est bien moins répréhensible que toi, qui te plais à semer toujours des mensonges. »

O vérité pure et sereine,
Toujours au droit chemin ton flambeau nous conduit.
Mais le mensonge est une graine
Dont on ne peut jamais attendre un seul bon fruit.

XXXII

L'HERBE PRÉCIEUSE

Deux servantes de ferme, Brigitte et Walburge, s'acheminaient ensemble vers la ville, chacune d'elles portant sur sa tête un lourd panier de fruits.

Brigitte ne cessait de se plaindre et de murmurer; Walburge, au contraire, riait et badinait sans relâche.

« Comment peux-tu rire ainsi? demanda Brigitte à sa compagne; car ton panier est au moins aussi pesant que le mien, et tu n'es pas plus forte que moi. »

Walburge lui répondit :

« C'est que j'ai ajouté à mon fardeau une certaine herbe qui me le rend tellement léger que je ne le sens plus.

— Ma foi! s'écria Brigitte, ce doit être une herbe bien précieuse. Je donnerais gros pour en avoir, afin d'amoindrir aussi ma charge. Dis-moi donc comment on la nomme? »

Walburge répliqua :

« L'herbe précieuse qui a le pouvoir de rendre légers tous les fardeaux, comme toutes les peines, cette herbe s'appelle *patience*. »

> Le fardeau le plus lourd devient, en conscience,
> Plus léger aussitôt après
> Qu'on met un peu de patience,
> Un peu de patience auprès.

XXXIII

LA GRAINE DE PAVOT

Un marchand revenait d'un long voyage qu'il avait fait au delà des mers, et il rapportait des Indes une foule d'objets de prix.

Ses proches l'accueillirent avec allégresse, et il permit à chacun d'eux de prendre, à son choix, un de ces objets précieux.

Les hommes choisirent soit un riche lingot d'or, soit une branche de corail rouge, ou bien un de ces coquillages qui ressemblent à de la porcelaine richement peinte. Les femmes, au contraire, préférèrent de belles perles, des pierres fines de diverses couleurs, ou quelque diamant étincelant.

Mais il y eut un homme très-sensé qui fit choix d'un petit papier plié sur lequel étaient écrits ces mots : « Semence de pavot. » Il l'ouvrit, et n'y trouva plus qu'une seule graine. Pendant le voyage, les autres avaient pu, à cause de leur extrême petitesse, s'é-

L'herbe précieuse.

chapper par les plis du papier et elles s'étaient perdues.

Tous les assistants se moquèrent de lui. Alors il leur dit :

« Toutes les choses que vous avez choisies sont sans doute de merveilleuses créations de Dieu. Eh bien, cette petite graine est peut-être une merveille plus grande encore de sa sagesse et de sa bonté. Le pavot est encore inconnu dans ce pays. Cependant, ce que j'ai appris des vertus de cette plante suffit pour me faire préférer de beaucoup cette simple graine à tous les objets de prix sur lesquels votre choix s'est fixé. »

Il déposa avec le plus grand soin la petite semence dans la terre de son jardin; et, peu de mois après, il recueillit une telle quantité de graines, qu'il put, l'année suivante, ensemencer un carré d'une assez vaste étendue.

Quand les gens du village virent ce champ couvert de magnifiques et grosses fleurs couleur de pourpre, ils ne purent assez l'admirer, et ils dirent :

« Quelle merveille de la sagesse de Dieu ! Une seule petite semence a pu produire cette multitude de fleurs superbes ! »

Mais, quand ils eurent goûté de l'huile si pure et si douce que l'on extrait des graines du pavot, ils assurèrent que cette semence apportée des Indes serait un grand bienfait pour le pays tout entier, et ils dirent d'une voix unanime :

Une graine contient une moisson entière.
O main du Créateur, inépuisable aussi,
Multipliant tes dons, trésor toujours grossi,
Ta moisson de bienfaits couvre toute la terre.

XXXIV

LES CITROUILLES

André, fils d'un fermier, avait placé sur son armoire plusieurs citrouilles d'un jaune doré, et il prenait grand plaisir à les regarder. Un jour, elles avaient toutes disparu. Il en fut très-fâché, et courut s'en plaindre à son père, qui se disposait précisément à monter dans sa carriole pour aller avec sa femme à la ville.

« Ne prends pas si grand souci d'une affaire si peu importante, lui dit son père, et va-t'en à ton ouvrage. Cette après-dînée, tu n'as qu'à remuer le tas de blé qui est au grenier ; et, je t'en réponds, tu retrouveras bien tes citrouilles. »

Le soir, en rentrant à la ferme, le père dit à son fils :

« As-tu fait ce que je t'ai recommandé ce matin ?

— Oui, mon père, répondit André.

— Et as-tu retrouvé tes citrouilles ? continua le fermier.

— Hélas ! non, répliqua le fils.

— Vilain menteur que tu es ! s'écria le père d'une voix irritée. Voilà comme je te prends sur le fait ! J'ai voulu te mettre à l'épreuve, et pour cela j'ai caché les citrouilles en différents endroits dans le tas de blé. Si tu l'avais remué, tu n'aurais pas manqué de les retrouver. Maintenant, il est évident que tu viens de faire un mensonge. »

André, tout rouge de honte, supplia son père de lui pardonner.

« Je te pardonnerai, lui dit celui-ci, pourvu que tu me promettes bien de te corriger et de ne jamais oublier cette maxime :

Quelle que soit l'audace du menteur,
Rien ne peut le sauver, ruse ni stratagème.
Le menteur se trahit lui-même,
Et toujours le mensonge accuse son auteur.

XXXV

LE GLAND ET LA CITROUILLE

Un villageois était couché au pied d'un chêne et regardait une tige de citrouille qui s'était élevée en grimpant au-dessus de la haie d'un jardin voisin. Il secoua la tête et dit :

« Hum ! hum ! je trouve fort étrange qu'une tige mince et rampante, comme l'est celle-là, porte des fruits si gros et si magnifiques, tandis que ce grand et superbe chêne en porte de si ridiculement petits. Cela choque le bon sens. Si j'avais créé le monde, je n'aurais fait croître sur le chêne que de grosses citrouilles d'un beau jaune d'or et pesant au moins un quintal. C'eût été vraiment superbe à voir. »

A peine eut-il dit ces mots, qu'un gland se détacha du sommet de l'arbre et lui tomba sur le nez avec tant de force que le sang en jaillit.

« Ouf ! s'écria l'homme tout effrayé. Voilà une fameuse croquignole pour me punir de l'impertinence avec laquelle j'ai osé blâmer ce que Dieu a trouvé bon de faire. Si ce gland avait été une citrouille, il m'aurait certainement écrasé le nez. »

Gardons-nous de blâmer l'œuvre immense de Dieu.
Gardons-nous d'accuser sa sagesse profonde.
Lui seul comprend les lois qui gouvernent le monde.
Un gland prouve combien nous y comprenons peu.

XXXVI

LE BEAU CHÊNE

Un berger était assis à l'ombre d'un chêne, et son jeune fils était auprès de lui. En ce moment trois étrangers arrivèrent par la grand'route : c'étaient trois miliciens qui avaient obtenu un congé et qui regagnaient leurs foyers ; ils portaient l'uniforme du régiment dont ils faisaient partie, et leurs moustaches leur donnaient un aspect tout à fait martial.

Ils s'arrêtèrent devant le magnifique chêne et le regardèrent avec admiration.

« Voilà un arbre superbe, dit l'un d'entre eux. Si je pouvais le convertir en charbon, j'y gagnerais une belle somme.

— Cela se pourrait bien, maître charbonnier, répliqua le berger.

— S'il m'était permis de prendre l'écorce de cet arbre, dit le second, j'aurais une provision de tan qui me suffirait pour une année entière.

— Cela est vrai, maître tanneur, repartit le berger, mais ce serait dommage d'écorcer un si beau chêne.

— Hé! hé! dit le troisième à son tour, comme cet arbre est chargé de glands! Si je les avais pour engraisser mes porcs, quels beaux saucissons et quels jambons superbes je pourrais porter au marché!

— Ces glands vont être mis en adjudication, répondit le berger. Vous pourrez vous présenter aux enchères, maître charcutier. »

Lorsque les trois miliciens se furent remis en route, le fils du berger lui dit :

« Mon père, y a-t-il longtemps que vous connaissez ces hommes-là?

— Non, répliqua le berger. C'est aujourd'hui la première fois que je les vois.

— Mais, continua l'enfant, comment savez-vous que le premier est un charbonnier, le deuxième un tanneur, et le troisième un charcutier? On ne peut deviner leur état ni à leurs vêtements, ni à leur aspect, car tous les trois portent l'uniforme de miliciens.

— Tu as raison, reprit le père. Aussi, ce n'est pas à leur costume que j'ai deviné la profession qu'ils exercent, mais c'est par leurs discours que je l'ai appris. Chacun aime à parler des choses qui concernent son métier, et particulièrement de celles qu'il a le plus à cœur. Ainsi les hommes vertueux sont honnêtes et réservés dans leur langage, tandis que les méchants, au contraire, se trahissent par des propos répréhensibles. De cette manière, on peut aisément reconnaître les uns et les autres, ce qui nous permet d'éviter ceux-ci et de rechercher ceux-là. »

Ce qui remplit le cœur ou qui le plus le touche,
Quoi qu'on fasse, toujours se trahit par la bouche.
Il faut donc avoir soin que notre cœur toujours
N'ait qu'à faire parler le bien dans nos discours

XXXVII

LE GRAND HÊTRE

Un jour, — et il y a fort longtemps que ce fait s'est passé, — deux jeunes gens, Edmond et Oswald, comparurent en justice.

Edmond dit au juge :

« Lorsque, il y a trois ans, je me mis en voyage, je tenais Oswald pour mon meilleur ami, et je lui donnai à garder une bague garnie de pierres précieuses. Ce bijou, il refuse aujourd'hui de me le restituer. »

Oswald mit la main sur son cœur et dit :

« J'affirme sur mon honneur que je n'ai jamais eu la moindre connaissance de cette bague. En vérité, mon ancien ami doit être hors de son bon sens.

— Edmond, dit alors le juge, avez-vous un témoin qui puisse attester que vous avez remis la bague à Oswald ?

— Hélas ! répondit Edmond, au moment où je lui confiai la bague, il n'y avait pas d'autre témoin que le grand hêtre qui s'élève là-bas au milieu des champs et à l'ombre duquel nous nous fîmes nos adieux. »

Oswald reprit :

« Je suis prêt à affirmer sous serment que j'ai aussi

peu connaissance de cet arbre que de la bague elle-même. »

Le juge reprit à son tour :

« Edmond, allez couper une branche de l'arbre, et apportez-la-moi. Quant à vous, Oswald, vous attendrez ici jusqu'à ce qu'Edmond soit de retour. »

Celui-ci partit. Peu de temps après, le juge dit :

« Edmond tarde bien à revenir. Où peut-il rester si longtemps? Ouvrez un moment la fenêtre, Oswald, et regardez s'il ne revient pas encore.

— Mais, monsieur le juge, répliqua Oswald, il n'est pas possible qu'il soit si vite de retour ; car l'arbre se trouve à une bonne lieue d'ici. »

Alors le juge s'écria :

« O trompeur audacieux et impie, tu voulais donc soutenir ton mensonge par un faux serment devant Dieu, le juge suprême, qui lit au fond de tous les cœurs! Tu as connaissance de la bague aussi bien que de l'arbre. »

Oswald pâlit et se mit à trembler de tout son corps. Il fut condamné à restituer la bague et à passer une année en prison.

« Là, lui dit le juge, tu auras le temps de méditer cette grande vérité :

> Au gouffre de la mer enfouissez le crime,
> Un jour vient qu'on le voit surnager sur l'abîme.
> Cachez-le dans la terre, un jour il germera,
> Et, pour vous accuser, il vous apparaîtra. »

XXXVIII

LE SAULE ET LE CHÊNE

Un matin, après un épouvantable orage qui avait éclaté pendant la nuit, le père Richard sortit avec son fils Anselme afin de reconnaître dans les champs les dégâts que l'ouragan pouvait y avoir exercés.

Le petit Anselme s'écria :

« Mais regardez donc, mon père ! Ce grand chêne qui paraissait si fort, le voilà renversé par terre, tandis que ce faible saule est resté debout et intact au bord du ruisseau. J'aurais cru que la violence de l'ouragan eût eu beaucoup moins de peine à renverser ce saule que ce chêne vigoureux qui a pendant si longtemps bravé tous les efforts du vent.

— Mon enfant, lui répondit le père, si fort qu'il fût, ce chêne devait nécessairement se rompre, parce qu'il n'a pas su ployer sous l'ouragan. Au contraire, ce saule plus souple a cédé aux coups de la tempête, qui de cette manière n'a pas eu de prise sur lui. »

> L'orgueil et la fierté conseillent, en effet,
> Toujours très-mal les hommes.
> Parfois il faut savoir, dans ce monde où nous sommes,
> Plier comme le roseau fait.

XXXIX

LES CHAMPIGNONS

Une mère envoya un jour sa fille, la petite Cathe-
rine, au bois pour y cueillir des champignons, parce
que le père les aimait beaucoup.

Lorsque l'enfant revint à la maison, elle s'écria :

« Ma mère, comme j'en ai trouvé de superbes aujourd'hui! Tenez, regardez, ajouta-t-elle en ouvrant
sa corbeille. Ils sont tous du plus beau rouge écarlate,
et l'on dirait qu'ils sont parsemés de perles blanches.
Il y en avait aussi qui étaient petits et gris et qui res-
semblaient à ceux que tu apportas l'autre jour ; mais
je les ai trouvés trop chétifs et les ai laissés là.

— Oh! l'imprudente! s'écria la mère tout effrayée.
Ces champignons si beaux à la vue sont, malgré la
couleur et les perles dont ils brillent, des plantes très-
vénéneuses. Elles font mourir celui qui en mange ;
tandis que ces champignons gris et de peu d'apparence que tu as dédaignés, sont précisément les meilleurs. Ma chère enfant, il en est ainsi de beaucoup de
choses dans ce monde. Il y a des vertus modestes qui
se tiennent cachées et qui font peu de bruit. Il y a
aussi des vices brillants que les sots admirent. Les
dehors trompeurs du mal peuvent aisément nous séduire et nous entraîner en péché ; car, ma fille,

Par ses brillants dehors le vice nous attire
Et par ses faux semblants nous promet le bonheur ;

Mais c'est pour assurer mieux sur nous son empire
Et nous empoisonner le cœur.

XL

LE CHAMP

Nicolas était paresseux et pauvre. Autour de sa chaumière ne croissaient que des ronces, des épines et des bouquets de coudriers.

Un jour, comme il faisait très-chaud, car on était à l'époque de la moisson, Nicolas était nonchalamment couché à l'ombre d'un coudrier. En ce moment vint à passer près de lui un fermier qui conduisait un chariot tout chargé de grosses gerbes de blé. Nicolas regarda le chariot d'un œil d'envie, et à peine s'il dit bonjour au villageois.

Celui-ci s'arrêta et dit à Nicolas :

« Si, au lieu de laisser en friche ce terrain qui t'appartient, tu voulais seulement te donner la peine de bêcher chaque jour un espace égal à celui que tu couvres de tes membres paresseux, tu pourrais, chaque année, récolter au moins autant de blé qu'il y en a sur ce chariot. »

Nicolas écouta ce sage conseil. Il se mit à arracher les ronces, les épines et les mauvaises herbes, et travailla courageusement le terrain. De cette manière il obtint un champ qui, sans lui avoir coûté une obole, pourvut amplement à sa subsistance et à celle de sa famille.

Tout travaille dans la nature.
Le doux printemps produit les fleurs et la verdure.
L'automne fait les fruits. L'été fait les moissons.
    Aussi, honte à la créature
Qui ne profite pas de ces hautes leçons.

XLI

LES ÉPIS DE BLÉ

Un laboureur alla un jour, avec son fils, le petit Thomas, visiter ses champs pour voir si le blé serait bientôt à sa maturité.

« Mon père, dit l'enfant, comment se fait-il que quelques-unes de ces tiges de blé soient toutes penchées, tandis que d'autres se tiennent toutes droites? Celles-ci doivent sans doute être les meilleures, et celles qui sont inclinées de la sorte, ce sont assurément les moins bonnes. »

Aussitôt le laboureur cueillit deux épis et dit à son fils :

« Tiens, mon «nfant, regarde : cet épi qui se penchait si modestement est rempli des plus beaux grains ; au contraire, l'autre, qui se dressait si orgueilleusement, est entièrement vide. »

        Si vous ne l'avez pressentie,
Cette leçon, que rien n'a jamais démentie.
        Touchez-la du doigt et del'œil :
        L'ignorance donne l'orgueil;
        La science, la modestie.

XLII

LA PAILLE ET L'OSIER

Une pauvre veuve et ses deux enfants retournaient un soir au village. Ils revenaient d'une oseraie où ils avaient été faire une provision de ramilles. La mère en portait une grosse botte sur la tête, et chacun des petits garçons en avait un fagot plus petit, attaché avec un lien de paille.

Chemin faisant, ils rencontrèrent un riche marchand de la ville voisine et lui demandèrent l'aumône. Mais l'homme riche dit à la veuve :

« Vous n'avez pas besoin de mendier. Confiez-moi vos deux garçons, et je leur apprendrai à changer l'osier et la paille en or. »

La mère crut d'abord que le marchand voulait plaisanter ; mais il assura qu'il parlait très-sérieusement. Alors elle consentit à lui confier ses deux fils.

Le marchand fit apprendre à l'un l'état de vannier, et à l'autre l'art de tresser la paille.

Trois années après, les deux enfants revinrent à la pauvre cabane de leur mère. Ils se mirent à l'ouvrage et fabriquèrent sans relâche les plus jolies corbeilles et les chapeaux de paille les plus fins. Ils envoyèrent ensuite au négociant ces produits de leur industrie.

Un jour celui-ci entra dans leur chamber, leur paya en belles pièces d'or les marchandises qu'il avait reçues, et dit à la mère :

« N'est-ce pas que j'avais raison et que j'ai tenu parole? »

Mes chers enfants, travaillez bien.
L'esprit industrieux est un magicien.
La main de celui qui travaille
Change en or l'osier et la paille.

XLIII

LES POIS

Un bateleur demanda la permission d'exécuter devant un prince un tour d'adresse si extraordinaire qu'on n'en avait pas encore vu de pareil. Le prince y consentit, et le bateleur entra dans la salle avec un bassin plein de pois qu'il avait fait tremper dans de l'eau. Puis il pria une des personnes présentes de tenir une aiguille tournée de son côté, et se mit à lancer les pois les uns après les autres avec tant d'adresse que tous allèrent se fixer sur la pointe de l'aiguille.

Alors le prince lui dit :

« Mon brave homme, vous vous êtes donné sans doute beaucoup de peine et vous avez employé beaucoup de temps pour acquérir une adresse si prodigieuse. Aussi, je veux vous en dédommager. »

Ayant dit ces mots, le prince donna à voix basse un ordre à un de ses serviteurs. Celui-ci sortit aussitôt et rentra quelques moments après, portant un sac qui paraissait assez lourd. Le bateleur ne se sentit pas de joie ; car il croyait que le sac était rempli d'or.

Sur l'ordre du prince, on ouvrit le sac, et on vit qu'il ne contenait que... des pois.

En ce moment le prince dit au bateleur.

« Comme votre talent n'est d'aucune utilité aux hommes, et que, par conséquent, vous n'avez guère le droit de compter sur leur générosité, il peut se faire que vous manquiez bientôt des pois nécessaires pour exécuter votre tour d'adresse. C'est pourquoi je vous en ai fait donner une bonne provision. »

N'usons pas notre temps à des frivolités :
Car c'est un capital que le bon Dieu nous prête.
Pour l'utile et le bien nos jours nous sont comptés,
Étoffe dont la vie est faite.

XLIV

LE LIN

Une diligente fermière se donnait beaucoup de peine pour cultiver du lin et en obtenir de très-bonne qualité. Un jour, un marchand se présenta devant elle et lui dit :

« Donnez-moi de votre graine de lin indigène ; je vous apporterai, en échange, de la graine de lin étranger dont la qualité est incomparablement meilleure. Mais il faut que pour chaque sac vous me donniez dix francs en sus. »

La fermière accepta cette proposition, et le marchand apporta la graine de lin.

Mais, lorsqu'il vida le premier sac, on vit rouler parmi les graines quelque chose de brillant ; c'était une bague d'or. Aussitôt la femme s'écria avec une grande surprise :

« Eh ! mais voilà la bague que j'ai perdue l'automne dernier. En m'occupant à remuer mes graines, je l'aurai laissée glisser de mon doigt. »

Puis s'adressant au marchand :

« Vous êtes un trompeur, lui dit-elle, et votre friponnerie paraît ici au grand jour. Vous avez voulu me vendre ma propre graine de lin pour de la graine étrangère. Au lieu de vous donner dix francs, j'ai bien envie de vous faire administrer par mes domestiques une bonne volée de coups de bâton. »

Cependant l'affaire s'ébruita. Le marchand fut condamné en justice à payer une grosse amende, et il en souffrit tant dans sa réputation, qu'il fut forcé de renoncer à son commerce.

Le trompeur quelquefois réussit par hasard ;
Mais le hasard aussi révèle tôt ou tard
La fraude, quoi qu'elle ait de finesse perfide
Aussi prenons toujours la loyauté pour guide.

XLV

LA BORNE

Ulric habitait une charmante maison, entourée d'une belle pelouse toute verte sur laquelle croissaient une quantité d'arbres fruitiers. A ce verger touchait un pré qui appartenait au voisin. Ulric eut assez peu de conscience pour chercher à agrandir sa pelouse au détriment d'autrui. Il se leva donc au milieu de la nuit; et, profitant de l'obscurité, il avança secrètement dans le pré du voisin la borne qui servait à marquer la séparation de leurs propriétés respectives.

Quelque temps après, il prit une échelle et l'appliqua contre un arbre pour y cueillir des cerises. Mais, lorsqu'il fut arrivé tout au haut, il tomba en arrière avec l'échelle qui était placée trop verticalement, et il se cassa la nuque sur un des angles de la borne. Si Ulric n'avait pas déplacé la borne, il serait tombé au delà, et il se serait fait peu de mal sur l'herbe moelleuse de la pelouse. Aussi a-t-on coutume de dire, par allusion au malheur dont il fut victime :

> L'homme qui fait le mal, Dieu l'aveugle à dessein.
> Il se prend le premier au piége qu'il apprête;
> Et, s'il déplace, un jour, la borne du voisin,
> Il y tombe lui-même et s'y casse la tête.

DEUXIÈME PARTIE

I

LES OISEAUX

Il y avait un charmant village, entouré de toutes
parts d'une quantité d'arbres fruitiers. Au printemps,
rien n'était plus agréable à voir que ces arbres couverts de fleurs dont les suaves parfums embaumaient
l'air. En automne, toutes les branches étaient chargées
de pommes, de poires et de prunes.

Une multitude d'oiseaux nichaient dans le tronc et
sur les rameaux des arbres, ou dans les haies voisi-
nes, et ils remplissaient l'air de leurs concerts joyeux.

Les parents faisaient souvent des remontrances à
leurs enfants et leur disaient :

« Gardez-vous bien de faire le moindre mal à ces
petits êtres et de toucher à leurs nids, de peur de dé-
plaire à celui qui dispense aux lis des vallées leur
splendide vêtement et aux passereaux leur nourriture;

car c'est par amour pour nous que Dieu a donné aux fleurs ces couleurs si belles et ces parfums si suaves, aux rossignols ces chants si purs et si agréables à entendre.

Cependant, quelques méchants petits garçons commencèrent à enlever les nids et à les dévaster. Les oiseaux s'en effarouchèrent, et peu à peu ils désertèrent la contrée. On n'en entendait plus un seul chanter dans les jardins ni dans les prairies. De sorte que le village était devenu triste et silencieux.

Mais ce ne fut pas tout. La méchanceté de ces petits garçons eut des suites plus déplorables encore. Les chenilles, qui sont si nuisibles à la végétation et que les oiseaux détruisaient naguère, se multiplièrent outre mesure et se mirent à dévorer les feuilles et les fleurs. Les arbres furent bientôt nus et dépouillés comme en plein hiver, et les méchants enfants, qui avaient auparavant des fruits délicieux en abondance, ne purent plus se régaler d'une seule pomme.

> A ces petits oiseaux, par le bon Dieu bénis,
> O chers enfants, laissez leurs œufs avec leurs nids;
> Sinon, adieu chansons! adieu fruits de l'automne
> Que le bon Dieu vous donne!

II

LE SERIN

Christine pria un jour sa mère de lui acheter un petit serin. Sa mère lui répondit :

« Tu en auras un, si tu es toujours bien obéissante et bien appliquée, et surtout si tu te corriges de cette curiosité qui te porte constamment à apprendre des choses inutiles et parfois même dangereuses. »

Christine promit d'être docile et laborieuse, et de se corriger du défaut que sa mère venait de lui reprocher.

Un jour elle revenait de l'école. Sa mère, qui s'apprêtait à sortir, lui dit :

« Voilà sur la table une petite boîte toute neuve. Garde-toi bien de l'ouvrir et même d'y toucher. Si je m'aperçois, à mon retour, que tu n'as pas désobéi à cet ordre, je te donnerai quelque chose qui te fera grand plaisir. »

Aussitôt la mère sortit pour aller voir son filleul, le petit Guillaume, qui était malade. A peine fut-elle partie, que la curieuse enfant tenait déjà la boîte à la main.

« Comme elle est légère ! se disait-elle. Tiens ! le couvercle est percé de petits trous. Mon Dieu ! que peut-il donc y avoir là dedans ? »

Après avoir dit ces mots, elle leva le couvercle. Au même instant, un charmant serin couleur d'or s'échappa de la boîte et se mit à voltiger dans la chambre en chantant joyeusement.

Christine voulut le rattraper et le remettre dans sa prison, afin que sa mère ne s'aperçût de rien. Mais elle eut beau faire et le pourchasser d'un bout de la chambre à l'autre ; le serin lui échappait toujours. Tout essoufflée et les joues en feu, elle courait encore après l'oiseau, lorsque sa mère rentra et lui dit :

« O fille désobéissante et curieuse ! C'est à toi que je destinais ce joli serin ; mais, avant de te le donner,

je voulais voir si tu le méritais. A présent je le donnerai au sage petit Guillaume, qui est bien plus obéis-
sant et bien moins indiscret que toi. »

La curiosité souvent conduit au mal.
C'est une pente où le pied glisse.
Amis, c'est le chemin tortueux et fatal
Qui mène à l'abîme du vice.

III

LES HIRONDELLES

C'était au printemps. Les hirondelles revenaient,
et, en gazouillant joyeusement, reprenaient possession de leur ancien nid dans le corridor de la maison
d'un villageois. La mère dit à ses enfants :

« Gardez-vous d'inquiéter ces bons petits oiseaux,
au contraire, laissez-les entrer et sortir librement.
Celui qui chasse les hirondelles de sa maison en
chasse aussi le bonheur. Notre voisin détruisit un
jour le nid d'hirondelles qui se trouvait dans son
vestibule, et il écrasa les œufs. Depuis ce moment
tout a mal tourné chez lui, et il a marché à sa
ruine. »

Le petit Christian demanda à son père si cela était
vrai.

Son père lui répondit :

« Sans aucun doute, cela est vrai dans un certain
sens. Le voisin a rompu avec les coutumes pieuses et
simples de ses ancêtres. Ses aïeux et ses parents prenaient plaisir à voir les hirondelles nicher sous leur

toit, et ils aimaient à entendre dès l'aube le gazouillement de ces petits oiseaux qui les réveillaient et les invitaient au travail. Mais le voisin était aussi dur envers les hommes qu'envers les animaux. Or, comme il passait la moitié de la nuit au cabaret, il ne put souffrir que les hirondelles troublassent son sommeil le matin, et il détruisit leur nid. Les habitudes grossières de cet homme et la brutalité avec laquelle il se livrait à toute sorte de vices, et chassa aussi ces pauvres petits oiseaux, furent, en réalité, les causes qui firent disparaître de sa maison le bonheur et la prospérité. Et c'est ainsi que se vérifia cette sage maxime :

Homme sans cœur et sans raison,
Si tu laisses le mal un jour franchir ta porte
Et le vice envahir en maître ta maison,
Il faut que le bonheur en sorte. »

IV

LES MOINEAUX

Un serrurier, nommé Conrad, s'acharna un matin à détruire les nids de moineaux qui se trouvaient sous la corniche de sa maison. Le fils d'un de ses voisins, le petit Charles, demanda à la jeune fille de Conrad:

« Mais, Annette, pourquoi ton père est-il si fort en colère contre ces moineaux?

— Ah! répondit l'enfant, depuis que mon père a rapporté à la maison le calice d'or et les deux chandeliers d'argent, il s'imagine que, tous les matins, dès le lever du jour, les moineaux lui crient sans cesse : « Voleur ! voleur ! »

Le petit Charles raconta à ses parents ce qu'il venait d'apprendre. Ils en furent tout effrayés ; car, une année auparavant, un calice d'or et deux chandeliers d'argent avaient été volés dans l'église du village, et l'on n'avait pas encore pu découvrir l'auteur de ce vol sacrilége.

Le père du petit garçon alla donc trouver le bourgmestre et lui rapporta confidentiellement ce que l'enfant avait entendu. Le sage magistrat le pria de garder le silence, et fit secrètement des recherches. Il ne tarda pas à découvrir que le serrurier dépensait beaucoup plus d'argent qu'il n'en gagnait, et il le fit arrêter sur-le-champ. Le procès commença, et la justice sut bientôt que le serrurier avait réellement commis le vol, en forçant, au moyen d'un crochet, la porte de la sacristie. Il fut condamné à une longue détention.

En entendant l'arrêt de la cour, il s'écria :

« Oh ! ces maudits moineaux ! Ce sont eux qui ont causé mon malheur. »

Mais l'un des juges lui dit :

« Ce ne sont pas les moineaux qui t'ont trahi, mais c'est le cri de ta propre conscience. Celui qui a une mauvaise conscience porte en soi-même un accusateur obstiné; elle ne lui laisse pas de repos, et elle fait souvent connaître les crimes qu'il croyait parfaitement cachés. »

> Garde ta conscience pure,
> Et que jamais une souillure
> N'en vienne altérer la beauté.

Les moineaux.

Ni repos ni trève sans elle.
La conscience est la voix solennelle
Qui fait parler en nous la sainte vérité.

V

LES PIGEONS

Emmeric et Léopold, deux jeunes garçons fort sages, étaient voisins. Le riche Emmeric avait une grande quantité de pigeons qui étaient tous d'une beauté extraordinaire. Le pauvre Léopold n'en avait que fort peu; encore étaient-ils de l'espèce la plus commune.

Un jour, deux pigeons d'Emmeric entrèrent dans le colombier de Léopold, et ils se disposèrent à y nicher. L'honnête garçon se dit en lui-même :

« Que je serais heureux si ces pigeons m'appartenaient! Leur corps est aussi blanc que la neige, et ils ont la tête et la queue aussi noires que l'ébène. De tous les pigeons d'Emmeric ce sont ceux-là qui me plaisent le plus. »

Il fut tenté un moment de les garder et de les enfermer.

« Mais non! dit-il. Je ne veux pas faire cela; ce serait un péché. Je ne dois pas céder à cette mauvaise tentation. »

Il ferma donc la trappe, prit les oiseaux, et alla les rendre à Emmeric.

Celui-ci fut vivement touché de la probité de son petit voisin. Aussi prit-il les premiers œufs que ces beaux pigeons blancs lui donnèrent. Il les porta en secret dans le colombier de Léopold, et les échangea contre ceux qu'un pigeon gris de l'espèce commune couvait précisément en ce moment-là.

Lorsque les petits furent sortis de leur coquille et qu'ils commencèrent à se couvrir de plumes, Léopold ne put revenir de son étonnement en voyant qu'ils étaient exactement de la même couleur que les plus beaux pigeons d'Emmeric. Plein de joie, il courut le trouver et lui raconta ce fait merveilleux qu'il ne pouvait comprendre.

Mais Emmeric se prit à sourire, et dit à son tour comment il avait fait l'échange des œufs pour témoigner sa reconnaissance à l'honnête Léopold. Puis il ajouta :

« Reste toujours honnête et probe, mon cher ami, car :

Justice et vérité sont deux saintes lumières.
Heureux celui qui marche à leur divin flambeau !
Des vertus du chrétien elles sont les premières,
Et forment de nos cœurs l'ornement le plus beau. »

VI

LE COQ.

Vers minuit deux voleurs pénétrèrent, au moyen d'une échelle, par la fenêtre d'un moulin pour dévaliser le riche meunier. Comme ils avançaient doucement sur la pointe des pieds dans un corridor ob-

cur, en se dirigeant vers la chambre à coucher du
meunier, le coq de la maison se mit à chanter non
loin d'eux.

Le plus jeune des voleurs s'arrêta, saisi de terreur,
et dit à voix basse :

« Ce coq m'a bien effrayé. Retournons sur nos pas ;
car nous pourrions être découverts.

— Poltron que tu es ! lui répondit l'autre. Le premier homme que nous rencontrerons, nous le tuerons
avec nos couteaux. Alors le coq ne pourra plus nous
trahir. »

Les deux scélérats blessèrent mortellement le meunier qui tomba, après s'être défendu avec le plus grand
courage. Ils s'emparèrent ensuite de son argent et prirent la fuite.

Trois années s'étaient écoulées depuis qu'ils avaient
commis ce crime. Un soir, ils s'arrêtèrent dans l'auberge d'un village situé au milieu d'une forêt. A minuit le coq de la maison se mit à chanter dans la
basse-cour et d'une voix si perçante que tous deux se
réveillèrent en sursaut.

« Ce maudit coq ! s'écria le plus âgé des deux voleurs, je lui tordrais volontiers le cou. Depuis l'affaire
du moulin, le cri du coq me va jusqu'au fond de
l'âme.

— Tu es donc comme moi ? dit le plus jeune. Tiens,
nous aurions dû laisser la vie au meunier. Depuis la
nuit de notre crime, chaque fois que j'entends le chant
du coq, il me semble qu'un couteau me traverse le
cœur. »

Tous deux se rendormirent. Mais à la pointe du
jour plusieurs gendarmes les surprirent au lit et les
arrêtèrent ; car le maître de l'auberge, dont la chambre

à coucher n'était séparée de la leur que par une mince cloison, avait entendu leur conversation, et il s'était empressé d'en informer le bourgmestre de la commune.

Lorsque les deux meurtriers, condamnés à mort pour leur forfait, subirent le dernier supplice, le peuple se disait :

« C'est pourtant le chant du coq qui les a trahis ! Mais ils auraient mieux fait d'écouter l'avertissement de celui qui chantait chez le meunier. »

> Pareil au cri de notre conscience,
> Le chant du coq résonne dans la nuit
> Et semble dire au méchant qu'il poursuit :
> « Prends garde, Dieu te voit, Dieu, la toute-science.»

VII

LA POULE

Un soir Brigitte, pauvre ouvrière, était assise seule dans sa chambre et s'occupait à filer. Comme la porte était ouverte, une poule, qui appartenait à la voisine, entra lentement et avec une extrême circonspection. Brigitte poussa bien vite la porte, prit la poule et l'enferma dans un petit réduit ménagé sous le toit.

« Ici, dit-elle, je la nourrirai sans que personne le sache, et petit à petit elle me donnera quelques douzaines d'œufs. »

En effet, le lendemain matin la poule pondit un œuf. Seulement Brigitte n'avait pas songé à une circonstance qui ne tarda pas à lui causer la plus vive inquiétude. A peine l'œuf fut-il pondu, que la poule se mit à caqueter de toutes ses forces. Brigitte monta en toute hâte pour la réduire au silence. Mais la voisine avait déjà entendu le gloussement de sa poule. Elle accourut, monta à la mansarde, se répandit en reproches contre la fileuse, reprit son bien et s'en alla.

Jusqu'alors la pauvre ouvrière avait souvent reçu de sa voisine du beurre, de la farine et des œufs que celle-ci lui donnait par charité. Mais, depuis le vol de la poule, elle n'en obtint plus la moindre chose; et, ce qui est pis encore, elle mérita la mauvaise réputation de voleuse.

> En vain tu fermeras ta porte et ta fenêtre
> Pour cacher un objet volé :
> Lui-même élèvera, si bien qu'il soit celé,
> La voix pour te trahir et te faire connaître.

VIII

L'ŒUF

Pendant la guerre, les ennemis pénétrèrent dans une ville et cherchèrent partout un homme, connu par sa piété et par sa droiture, qu'ils haïssaient particulièrement et dont ils avaient juré la mort.

Il se réfugia dans un vieux bâtiment qui était fort grand. Étant parvenu à se glisser sous le comble, il se blottit au milieu d'un tas de bois à brûler et de fagots. De l'endroit où il était caché, il entendait distinctement le bruit que faisaient les soldats qui le cherchaient dans cette maison. Malgré toutes leurs peines, ils ne purent le trouver. Alors ils prirent le parti de se loger dans le bâtiment même pour empêcher l'homme de s'échapper.

Il ne pouvait songer à sortir de sa cachette. Cependant la faim commença bientôt à le tourmenter. Dans cette extrémité, il ne lui restait plus d'autre recours que Dieu.

« Seigneur, notre père, disait-il, votre bonté m'a fait trouver cet asile. Oh! ne me laissez pas mourir de faim! »

A peine eut-il adressé cette prière au ciel, qu'il entendit une poule caqueter. Il quitta aussitôt sa retraite dans le plus grand silence et se mit à chercher le nid de la poule. Il ne tarda pas à le trouver, et il y vit deux ou trois œufs. Mais il n'osa se hasarder à les prendre tous, de crainte que la poule ne s'enfuît et n'allât pondre ses œufs dans un autre endroit. Il n'en prit donc qu'un seul, et il le mangea.

Le lendemain, la poule pondit un nouvel œuf, dont l'homme fit de nouveau sa nourriture. Il fit de même chaque jour, jusqu'à ce que les ennemis se fussent retirés et qu'il pût reparaître en public, à la grande joie de ses amis.

> Dans la bonté de Dieu confions-nous toujours,
>   Quelle que soit notre détresse.
> Vous qui n'espérez plus, espérez le secours
>   De ce père plein de tendresse.

IX

L'OIE

Albert disait :

« L'oie est un volatile merveilleusement doué. A la vérité, on dit : « Bête comme une oie; et il est possible qu'elle ait peu d'intelligence. Cependant elle possède trois avantages qu'on ne trouve réunis dans aucun autre oiseau, si ce n'est dans le cygne, dans le canard et dans quelques autres oiseaux aquatiques. En effet, elle peut disposer de trois éléments, de l'eau où elle nage, de l'air où elle vole, et de la terre où elle marche. Quel autre animal jouit de ces trois avantages à la fois? »

Son frère Benno lui répondit :

« Cela est vrai; mais ces trois avantages ne lui servent que très-imparfaitement. Car, si elle vole, est-ce comme l'aigle? Si elle nage, est-ce comme un poisson? Et sa marche chancelante, qu'est-elle en comparaison de la course rapide du lièvre?

—Cette remarque est fort juste, fit observer le père. L'animal n'a pour guide que son instinct; il est et reste toujours tel qu'il a été créé, et il ne lui est pas possible de développer les facultés dont la nature l'a pourvu. L'homme seul, doué de raison, est susceptible de perfectionner l'intelligence dont Dieu l'a doué. Toutefois celui qui s'applique à trop de choses à la fois finit par savoir et par être capable de faire un peu de tout; mais au total ne sait rien en perfection.

C'est seulement en apprenant à fond et en exerçant
une seule science ou un seul art, qu'on y devient
maître. »

> « Qui trop embrasse mal étreint, »
> Nous dit un proverbe fort sage.
> Exercez vingt métiers, vous n'en savez, je gage,
> Comme il faut, pas un seul des vingt,
> Et vous êtes l'oiseau qui court, qui vole et nage.

X

LES BRÉANTS

Par une froide journée d'hiver, deux enfants du village
allaient au moulin, et chacun d'eux portait sur
la tête un petit sac de blé. En passant près du jardin
du meunier, ils virent plusieurs bréants qui
étaient perchés sur la haie blanchie par le givre et
qui paraissaient tout affamés. La jeune Berthe se
sentit émue d'une compassion profonde à la vue de
ces petits oiseaux jaunes. Elle ouvrit son sac et leur
jeta une ou deux poignées de blé.

Son frère Robert la gronda sur ce qu'elle venait de
faire et lui dit :

« Voilà une sotte générosité ! Il te restera beaucoup
moins de farine à rapporter à la maison et tu seras
punie sévèrement. »

Berthe, effrayée, lui répondit :

« Eh bien, je n'aurais peut-être pas dû faire ce que
j'ai fait ; mais j'espère que nos bons parents ne me

L'oie.

puniront pas d'avoir écouté la voix de la compassion, et le bon Dieu ne peut-il pas nous récompenser d'une autre manière ? »

Le lendemain, les deux enfants retournèrent au moulin pour chercher la farine. Mais il se trouva que le sac de Berthe en contenait deux fois autant que celui de Robert. Celui-ci demeura tout stupéfait, et sa petite sœur ne fut pas éloignée de croire à un miracle.

Mais le brave meunier, qui avait entendu les paroles que les enfants avaient échangées près de la haie, dit à Berthe :

« Mon enfant, la compassion que tu as eue pour ces petits oiseaux affamés m'a fait tant de plaisir, que j'ai doublé ta mesure. Cependant, bien que ce soit moi qui ai mis cette farine dans ton sac, tu ne dois pas moins y voir une récompense de Dieu pour la bonté de cœur que tu as montrée. »

> Envers l'homme, notre semblable,
> Et même envers les animaux,
> Soyons humain et charitable :
> Un denier qu'on vous donne, ô pauvres des hameaux,
> Souvent nous fait au ciel un trésor ineffable.

XI

LA MÉSANGE

« Vois donc la superbe mésange qui est placée là-haut sur ce pommier ! disait Laurent à sa sœur Lucie. Attends, je l'aurai bientôt prise. »

Aussitôt il monta sur l'arbre et y plaça un trébu-chet. Puis il alla se cacher avec sa sœur sous une tonnelle pour guetter l'oiseau.

La mésange donna tout droit dans le piége, et en un clin d'œil Laurent remonta sur l'arbre pour pren-dre l'oiseau. Mais au même instant il tomba à terre avec le trébuchet. La mésange avait eu le temps de s'échapper, et Laurent s'était écorché la main à une branche cassée.

« O mon pauvre frère ! s'écria Lucie, tu as la main tout en sang. Maintenant l'envie ne te prendra plus de monter sur les arbres pour dénicher des oiseaux ; car tu pourrais finir par te casser un bras ou une jambe.

— Bah ! répondit Laurent, cette écorchure ne m'empêchera pas de recommencer. Mais pour le mo-ment ce serait peine perdue ; car la mésange ne s'ap-proche plus du trébuchet où elle a été prise une fois.

— S'il en est ainsi, reprit sa sœur, l'oiseau est plus avisé et plus sage que toi. Il ne s'expose plus à un péril dont il a failli une fois devenir victime. Pour toi, c'est tout le contraire : au moment même où tu viens d'échapper à un danger dont tu es sorti heureuse-ment au prix d'une simple écorchure, mais où un malheur bien plus grand aurait pu t'arriver, tu oses, le rire à la bouche, parler de t'y exposer de nou-veau. »

> Souvent un accident nous annonce un danger ;
> C'est un conseil que Dieu nous donne.
> Gardons-nous de le négliger ;
> Car la prudence nous l'ordonne.

XII

LE SANSONNET

Le vieux chasseur Maurice avait dans sa chambre un sansonnet auquel il avait appris à articuler quelques mots. Par exemple, quand Maurice disait :

« Où donc est le petit sansonnet? »

L'oiseau répondait aussitôt :

« Me voilà! »

Le jeune Charles, fils d'un voisin, prenait un plaisir extrême à entendre le sansonnet et venait souvent le voir. Un jour, Charles entra dans la chambre pendant que Maurice était sorti. Il s'empara bien vite de l'oiseau, le mit dans sa poche et voulut s'esquiver.

Mais dans le même instant le chasseur rentra. Voulant faire plaisir à son jeune voisin, il demanda comme d'habitude :

« Où donc est le petit sansonnet? »

Aussitôt l'oiseau, caché dans la poche du jeune garçon, cria de toutes ses forces :

« Me voilà! »

Le vol, si bien caché qu'il puisse l'être,
Un jour à la lumière on le voit apparaître.
Pour trahir le voleur, lorsque Dieu le permet,
Il suffit quelquefois d'un cri de sansonnet.

XIII

LA CIGOGNE

Ève, fille d'un villageois, avait étendu au soleil, sur un petit carré d'herbe qui se trouvait dans son jardin, une quantité de fil très-fin qu'elle avait filé elle-même et qu'elle voulait faire blanchir. Barbe, fille du voisin, venait souvent dans le jardin et prenait grand plaisir à voir ce beau fil qu'elle aidait à arroser.

Un jour Ève s'aperçut que quelques écheveaux de fil avaient disparu. Elle soupçonna tout d'abord son amie de les avoir enlevés. Elle alla donc la trouver et lui dit :

« Barbe, c'est toi qui as volé mon fil. Aucune étrangère n'est entrée dans le jardin, si ce n'est toi. Rends-moi donc mon fil à l'instant même. »

C'est en vain que la jeune voisine protesta de son innocence. Elle fut décriée dans tout le village, et elle passa pour une voleuse.

Mais l'année suivante, comme on allait réparer le vieux nid de cigogne qui était disposé sur le clocher de l'église, on y trouva les écheveaux de fil. Il devint alors évident que la cigogne les avait enlevés, et l'innocence de Barbe éclata au grand jour. Ève courut, tout en larmes lui demander pardon.

« Combien je regrette, disait-elle, de m'être trompée à ce point! Comme je comprends maintenant la vérité de cette maxime :

De tout jugement téméraire
Gardons-nous. Le soupçon nous aveugle aisément;
Et, pour nous détromper, il est trop tard souvent
Quand la vérité nous éclaire! »

XIV

LE COUCOU

1

Par une charmante matinée du mois de mai, Georges et Michel se promenaient dans la forêt. En ce
moment, ils entendirent pour la première fois le
chant joyeux du coucou.

« C'est un oiseau de bon augure, dit Georges qui
était fort superstitieux. Son cri m'annonce quelque
bonne fortune, au moins une bourse toute pleine
d'argent.

— Et pourquoi est-ce à toi précisément que ce
présage s'adresse? demanda Michel qui n'était pas
moins crédule que son compagnon. Je ne sais pas
pourquoi tu serais plus que moi dans les bonnes
grâces du coucou. Je vaux mieux que toi, et je sou-
tiens que c'est à moi qu'il annonce la bonne fortune
que tu espères. »

Au lieu de jouir de cette belle matinée, ils enga-
gèrent une vive dispute. Des injures ils en vinrent
aux coups, et ils finirent par se séparer, fort maltrai-
tés tous les deux et fort en colère l'un contre l'autre.

La superstition, l'égoïsme et l'envie,
    Enfants, nous aveuglent toujours,
Et font toujours une ombre aux clartés de la vie
    Comme aux plaisirs des plus beaux jours.

2

Les deux combattants se retrouvèrent chez le chirurgien où ils étaient allés pour faire traiter leurs blessures. Pendant que celui-ci les pansait, ils lui racontèrent le motif de leur querelle et lui demandèrent pour lequel des deux il croyait que le coucou pouvait avoir été un oiseau de bon augure.

Alors le chirurgien se prit à rire et leur dit :

« Insensés que vous êtes ! Ce n'est à aucun de vous deux, c'est à moi seul que le présage de l'oiseau s'adressait. Car le coucou vous a envoyés ici la tête tout en sang ; et, s'il a fait entrer de l'argent dans une poche, c'est dans la mienne, et non dans la vôtre. »

    Évitez les querelles vaines ;
    Car rien ne vous en reviendra.
    Échangez des coups par douzaines,
    Un tiers seul en profitera.

XV

LE NID DE PERDRIX

Deux enfants découvrirent un nid de perdrix dans un champ de blé qui avoisinait une forêt, et ils réussirent à prendre la mère qui était occupée à couver ses œufs.

« Toi, dit le plus âgé au plus jeune, prends les œufs ; je garderai la perdrix pour ma part. Les œufs valent autant que la perdrix.

— Si cela est vrai, répondit le plus jeune, donne-moi la perdrix et garde les œufs pour toi. »

Alors ils commencèrent à se quereller et se prirent aux cheveux. Pendant qu'ils se battaient, la perdrix s'échappa des mains du plus âgé des enfants, tandis que le plus jeune écrasait par mégarde les œufs sous ses pieds. Ainsi il ne leur resta plus rien du tout, et ils se dirent l'un à l'autre :

« Notre père a raison de nous répéter sans cesse cette maxime :

Suivez ce bon conseil, quoiqu'il ne soit pas neuf,
   Car toute sagesse en découle :
   « Mieux vaut se contenter de l'œuf,
« Que de se prendre aux cheveux pour la poule. »

XVI

LE GRAND NID D'OISEAUX

Un jeune garçon, aussi méchant que cruel, cherchait des nids dans toutes les haies et tuait les pauvres petits oiseaux. Son père le réprimandait et le punissait souvent ; mais rien ne pouvait le corriger de sa dureté de cœur.

Un jour, il s'amusait selon sa cruelle habitude, à

piquer avec la pointe d'une épine les yeux à plusieurs jeunes pinsons qui commençaient à peine à essayer leurs ailes, et il prenait un barbare plaisir à voir les efforts inutiles que faisaient les pauvres oisillons pour courir et s'envoler.

En ce moment sa mère survint et lui dit :

« Enfant impie, songe bien à mes paroles : si tu ne te corriges, tu peux être certain que Dieu te punira. »

Mais le méchant enfant riait en secret des avertissements de sa mère, et il devenait pire chaque jour.

Un dimanche, au lieu d'aller à l'église, il se rendit à la forêt pour se livrer à ses habitudes cruelles. Voilà qu'il aperçut au sommet d'un chêne très-élevé un grand nid d'oiseaux. Il grimpa aussitôt sur l'arbre, atteignit le nid, en arracha un des petits et le jeta à terre. Il allait s'emparer des autres, quand tout à coup le père et la mère, qui étaient des oiseaux de proie très-dangereux, fondirent sur lui et lui crevèrent les yeux à coups de bec.

Non-seulement il devint aveugle, mais encore il fut malheureux tout le reste de sa vie. Après la mort de ses parents, il se vit réduit à mendier pour vivre; car peu de gens eurent compassion de lui. Aussi disait-il souvent, dans sa misère, aux enfants qu'il rencontrait :

Soyez toujours soumis, pieux et sages
Enfants, et Dieu vous aimera.
La bonté de nos cœurs rend joyeux nos visages;
Et qui vit dans le mal par le mal périra.

XVII

LE PERROQUET

Un vieux matelot acheta dans les Indes un perroquet dont le plumage vert clair était vraiment superbe. Le brave homme voulait, à son retour en Europe, en faire cadeau à la fille du marchand à qui appartenait le navire sur lequel il servait.

Pendant la traversée, le matelot fut atteint d'une toux violente, et, à cause du mal qu'il éprouvait, il fut exempté de tout travail. Pendant ses moments de loisir, il apprit à l'oiseau à prononcer quelques mots, afin de rendre ce cadeau plus agréable à la petite Fanny.

Lorsque le vieux marin offrit son présent à la petite fille, l'oiseau se mit à crier, à la grande joie des parents et de l'enfant :

« Vive Fanny ! »

Mais à peine eut-il proféré ces mots, qu'au grand chagrin du matelot, il se mit à tousser et à cracher à si grand bruit, que toute la famille éclata de rire.

Alors la petite fille dit :

« C'est bien sot de la part de ce perroquet de ne pas se borner à répéter les mots que son maître lui a appris, mais d'imiter aussi sa toux. »

Quant à la mère de Fanny, elle ne voulut pas que cet oiseau mal appris restât dans la maison.

Mais le père dit :

« Quelque sot que soit ce perroquet, il nous donne

cependant une sage leçon. Il nous apprend que nous ne devons imiter que ce que nous remarquons de bon et de convenable dans les autres, et non ce qui est déshonnête et répréhensible. »

Règle-toi sur autrui dans ce qu'il a de bien.
Dans ce qu'il a de mal ne lui ressemble en rien.

XVIII

LE BEAU CHEVAL DE SELLE

Pendant la guerre, un régiment de hussards était en cantonnement dans un gros bourg. Un maquignon, qui s'appelait Court, et qui, non content de faire le trafic des chevaux, les volait à l'occasion, en déroba, durant la nuit, un des plus beaux du régiment et le cacha dans la forêt. Quand les hussards furent partis, il monta sur l'animal qu'il avait volé et alla dans une contrée fort éloignée avec l'intention de le vendre.

Il arriva près d'une ville ; mais, n'osant se hasarder à la traverser, il voulut passer à côté. Or, au moment où il tournait l'angle d'un des bastions du rempart, il aperçut sur l'esplanade un escadron de dragons, qui allait précisément commencer l'exercice. Aussitôt que la trompette eut sonné, le cheval emporta le maquignon qui ne put plus le retenir. Il franchit le fossé qui bordait la route, s'élança sur l'esplanade, se plaça dans les rangs, et exécuta, au commandement et au son de la trompette, toutes les

Le perroquet.

évolutions et toutes les manœuvres, tantôt au trot,
tantôt au galop, avec la plus grande précision. Court,
qui avait perdu son chapeau dans cette course furieuse, ne se sentait plus d'effroi. Il se cramponnait
à la selle et suait à grosses gouttes, tandis que les
soldats éclataient de rire à la vue du pauvre cavalier
qui tremblait de tous ses membres.

Lorsque l'exercice fut enfin terminé, les soldats et
les officiers l'entourèrent, et le capitaine lui dit en le
regardant d'un œil de défiance :

« Voilà un cheval de régiment qui est jeune, beau
et parfaitement dressé. Comment donc êtes-vous en
possession de cet animal ? »

Court répondit qu'il l'avait acheté; mais il ne savait pas précisément de qui. Ses réticences, ses hési-
tations, son embarras suffirent pour qu'on le mît en
état d'arrestation. Grâce aux recherches qu'on fit, il
fut bientôt prouvé qu'il avait dérobé le cheval, et il
fut condamné pour vol.

La justice de Dieu, rien ne peut la tromper;
   De quelque prudence qu'on use,
Le mensonge et le vol n'y peuvent échapper
   Par l'astuce qui part la ruse.

XIX

LE FER A CHEVAL

Un villageois se promenait dans les champs avec son fils Thomas. Chemin faisant, le père dit à l'enfant :

« Tiens, voilà un morceau de fer à cheval tombé sur la route. Ramasse-le et mets-le dans ta poche.

— Mon Dieu, répondit Thomas, cela vaut-il la peine qu'on se baisse pour le prendre? »

Le père, sans souffler mot, ramassa le fer et le mit dans sa poche. Dans le prochain village, il le vendit au maréchal ferrant, qui lui en donna quelques centimes. Puis, avec cet argent, il acheta des cerises.

Cela fait, tous deux se remirent en route. Le soleil était ardent, et Thomas brûlait de soif. Cependant, de quelque côté qu'on tournât les yeux, on ne voyait ni maison ni arbre pour s'abriter, ni source pour se désaltérer.

Alors le père laissa, comme par mégarde, tomber une cerise. Thomas s'empressa de la ramasser avec autant d'avidité que si c'eût été de l'or, et la porta aussitôt à sa bouche. Quelques moments après, le père laissa tomber une deuxième cerise, et Thomas la prit avec le même empressement. Ainsi le père lui fit ramasser toutes les cerises, à mesure qu'elles tombaient, les unes après les autres.

Lorsque l'enfant eut mangé la dernière, le père se tourna vers lui en riant et lui dit :

« Vois-tu, si tu avais voulu te baisser une seule fois pour prendre ce fer à cheval, tu n'aurais pas dû te baisser tant de fois pour ramasser les cerises. Apprends par là combien est juste et vraie cette vieille maxime :

Dans le cours de la vie humaine
Tout nous prouve à chaque instant :
Quand on veut s'épargner une petite peine.
Une plus grande nous attend. »

XX

LE CLOU A CHEVAL

Un villageois sellait son cheval pour se rendre à la ville. En ce moment il remarqua qu'il manquait un clou à l'un des fers ; mais il se dit :

« Ma foi, un clou de plus ou de moins, peu importe. »

Puis il sauta en selle et partit.

Avant qu'il eût fait la moitié du chemin, le cheval perdit son fer.

« S'il y avait un maréchal ferrant dans le voisinage, disait le villageois, je ferais ferrer mon cheval ; mais, puisqu'il ne s'en trouve point par ici, mon roussin marchera bien avec trois fers. »

Cependant, comme la route était fort pierreuse, le

cheval ne tarda pas à se blesser au pied et il commença
à boiter. Quelques moments après, deux brigands,
embusqués dans un taillis, s'élancèrent sur la route
pour dévaliser le voyageur. Son cheval étant estropié,
il lui fut impossible de leur échapper, et ils lui prirent le roussin et la valise qu'il portait

« Qui aurait pensé, s'écria alors le villageois, que,
faute d'un seul clou, je perdrais mon cheval? »

Il regagna sa maison à pied, lentement et le cœur
navré; dès ce jour, il ne cessa de répéter à ses enfants :

« A cette vérité songez assidûment :
Un grand mal sort souvent d'une petite cause;
Souvent, en négligeant la plus petite chose,
    On s'attire un grand détriment. »

XXI

LA VACHE

Une veuve, appelée Verène, vivait avec ses deux filles
dans un état voisin de la misère. Ce qu'elles gagnaient
par leur travail suffisait à peine à leurs besoins. Pour
comble de malheur, elles perdirent un jour la seule
vache qu'elles possédaient, et elles en furent extrêmement désolées.

« Ah! disaient-elles, si Dieu voulait encore nous
donner une vache! Car il nous est impossible d'amasser assez d'argent pour en acheter une.

—Faites tout ce que vous devez faire, leur dit une sage voisine, et Dieu ne manquera pas de venir à votre aide.

— Mais que faut-il donc que nous fassions? » lui demanda Verène.

La voisine lui répondit :

« Il faut d'abord augmenter vos ressources en travaillant davantage. Vous êtes toutes trois fort habiles à filer, à tricoter et à coudre. Travaillez chaque jour une ou deux heures de plus. Il y aurait bien du malheur si vous ne gagniez pas quelques centimes de plus qu'auparavant. En second lieu, il faut diminuer vos dépenses par une économie bien entendue. Chaque matin vous prenez pour déjeuner une sorte de breuvage que vous appelez café : bien qu'il n'y ait que peu de café et de sucre, il coûte encore trop cher. Remplacez le par un bon potage, qui vous nourrira mieux, et qui vous procurera une économie de quelques centimes par jour. Tenez bien à ces deux points : amassez ce que vous aurez gagné en plus; joignez-y ce que vous aurez économisé, et bientôt vous aurez assez d'argent pour acheter une très-belle vache. »

Verène et ses filles suivirent ce sage conseil; et à la fin de l'année, elles eurent amassé le double de la somme qu'il fallait pour faire leur acquisition. Qui plus est, elles avaient appris à améliorer leur position par l'activité et par l'économie, et bientôt elles se trouvèrent dans une honnête aisance.

Alors la voisine leur dit :

« Vous voyez maintenant que j'avais raison. Aussi cette maxime sera-t-elle toujours vraie :

Qui se croise les bras quand le courant l'entraîne

Peut être sûr qu'il périra.
Sache, pour te sauver, te donner de la peine;
Aide-toi, le Ciel t'aidera. »

XXII

LA CLOCHETTE DE LA VACHE

1

Wendelin, jeune villageois, gardait les vaches dans la forêt. Chacune d'elles portait une clochette au cou; mais la plus belle vache avait aussi la clochette la plus jolie.

Un étranger vint à passer sous les arbres et dit à Wendelin :

« Voilà une superbe clochette! Combien peut-elle avoir coûté ?

— Trois francs, répondit Wendelin.

— Trois francs seulement! s'écria l'étranger. Je t'en donnerais volontiers six pour l'avoir. »

Wendelin céda aussitôt la clochette à l'homme et glissa gaiement les six francs dans sa poche.

Mais, comme la vache n'avait plus de clochette, Wendelin n'entendait plus de quel côté elle s'engageait dans les taillis. La vache s'éloigna du troupeau, et l'étranger, qui s'était caché dans un épais fourré, la saisit par les cornes et l'emmena secrètement.

Alors seulement Wendelin s'aperçut qu'il avait été trompé par un voleur.

A nous duper toujours l'astuce rêve.
Si pour un pois on vous offre une fève,
N'acceptez pas; car c'est le plus souvent
Pour vous tromper, un appât décevant.

2

Wendelin revint à la maison les yeux baignés de larmes et raconta sa mésaventure à sa famille.

« Ah! dit-il, aurais-je pu m'imaginer que le voleur ne me payait si généreusement la clochette que pour s'emparer de la vache? »

Mais le père lui dit :

« De même que le voleur t'a trompé, le péché cherche à nous tromper aussi. Il commence par nous offrir quelques légers avantages; mais il finit par nous faire subir une grande perte. Quand on lui abandonne un seul doigt, il est bientôt maître de la main tout entière. C'est pourquoi retiens bien ces paroles :

Des sourires du mal il faut te défier
Et de ses charmes te défendre.
Si tu lui permets de te prendre
Un seul doigt, — il aura bientôt le bras entier. »

3

La mère ajouta à son tour :

« Mais avais-tu donc oublié, mon cher Wendelin, à quoi sert l'ancien usage d'attacher une clochette au cou des vaches?

—Hélas ! répondit l'enfant, l'argent m'avait totalement ébloui. Je me disais : « Je puis gagner un écu
de la plus belle façon du monde. Cette clochette est
un ornement tout à fait superflu, et elle ne fait pas
donner par la vache une goutte de lait de plus. » Ce
fut seulement quand l'animal eut disparu, que je reconnus à quoi la clochette peut servir.

— Il en est de même, reprit la mère, des hommes
qui ne réfléchissent pas et qui n'écoutent que leurs
passions. Ils rejettent souvent comme superflus et
comme inutiles maints usages consacrés par le temps.
Plus tard, lorsqu'ils ont acquis à leurs propres dépens
ce qu'ils appellent la sagesse, ils finissent par reconnaître qu'il y avait d'excellentes raisons pour introduire ces coutumes. »

Les temps ont consacré plus d'un antique usage,
    Par nos ancêtres introduit.
Quand la folle raison des hommes l'a détruit,
    On voit combien il était sage.

XXIII

LES MOUTONS

1

Un jeune berger gardait son troupeau dans les montagnes. Un jour, il était assis sur un bloc de rocher à
l'ombre d'un sapin. Il s'endormit ; et, pendant son

sommeil, sa tête, penchée en avant, branlait sans cesse tantôt à droite, tantôt à gauche. Le bélier, qui broutait non loin du dormeur, crut que son maître le défiait au combat et voulait lutter avec lui. Aussitôt, il se mit en mesure de répondre à cette provocation imaginaire; il recula de quelques pas pour prendre son élan, se précipita sur le berger et lui porta un violent coup de cornes. En se voyant si rudement tiré de l'agréable somme qu'il faisait, le pâtre entra dans une grande colère. Il se leva, saisit le bélier des deux mains et le lança loin de lui. L'animal effrayé voulut s'enfuir et roula dans un précipice voisin. Les moutons, qui étaient bien au nombre de cent, sautèrent après le bélier et se brisèrent misérablement sur le rocher. A cette vue, le berger s'arracha les cheveux de désespoir et s'écria :

« De la colère il faut se méfier ;
Car c'est toujours le mal qu'elle conseille.
Celui qui lui prête l'oreille
Toujours se punit le premier. »

2

L'histoire du malheureux troupeau fut bientôt connue dans toute la contrée. Un vieux berger, aussi honnête que sensé, en fit une très-sage application.

Un jour de foire, ses fils et ses filles voulaient aller à la ville pour s'y amuser à danser; mais le père leur dit :

« Cela ne vous convient pas. Dans des réunions de ce genre, tout ne se passe pas dans le meilleur ordre. Je me suis appliqué jusqu'à présent à vous préserver

du mal et de la corruption du monde ; là, vous pourriez facilement vous laisser entraîner à votre perte.

— Mais, répondirent les enfants, il y a tant d'autres
gens qui y vont.

— Oui, répliqua le père, bien d'autres y sont allés
qui y ont laissé leur repos et leur santé, leur réputation et leur innocence. Est-ce un motif pour les imiter? Gardez-vous de faire comme les moutons. Vous le
savez, si l'un saute dans un précipice, tous les autres
s'y jettent après lui. C'est pourquoi vous les traitez
d'animaux stupides. L'homme qui court se jeter dans
un abîme parce que d'autres le font, n'est guère plus
raisonnable que ces animaux ; il est un véritable
mouton. »

> Méditez bien cette leçon :
> Au mauvais cœur d'autrui ne gâtez pas le vôtre.
> Ne suivez l'exemple d'un autre
> Que dans ce qu'il offre de bon.

XXIV

LE BOUC

Mme de Hill habitait une belle maison non loin de
la ville. Un matin, elle dit à sa servante :

« Crescence, je vais à l'église. Si tu sors pour aller
puiser de l'eau ou que tu descendes au jardin pour
cueillir des fèves, aie soin de bien fermer la porte. Je
te l'ai déjà souvent recommandé, et j'espère que tu
finiras par m'obéir. Sans cela, quelqu'un pourrait
aisément s'introduire dans la maison et nous voler. »

La dame se rendit à l'église. Crescence sortit pour

Le bouc.

aller puiser de l'eau à la fontaine voisine et laissa, selon son habitude, toutes les portes ouvertes.

« On ne voit pas une âme d'un bout de la rue à l'autre, » dit-elle.

Et elle se prit à rire de la prudence inquiète de sa maîtresse. Mais, pendant qu'elle s'amusait à bavarder à la fontaine avec une servante du voisinage, un bouc, qui broutait au bord de la route, entra dans la maison, monta l'escalier et pénétra dans la chambre à coucher de Mme de Hill.

Là se trouvait accroché dans un cadre doré un grand miroir qui descendait presque jusqu'au parquet. Le bouc, ayant aperçu son reflet dans la glace, crut qu'il y avait un autre bouc devant lui. Il se mit aussitôt à le menacer de ses cornes. Celui qu'il voyait dans le miroir en fit autant. En ce moment, le véritable bouc s'élança brusquement sur cette image et porta à la glace un coup de cornes si violent, qu'elle éclata en mille morceaux.

Crescence rentrait précisément, portant un baquet d'eau sur la tête. Elle entendit le miroir se briser. S'étant empressée de courir à la chambre de Mme de Hill, elle vit le malheur qui venait d'arriver. Alors elle se tordit les mains, puis chassa à grands coups le bouc de la maison. La glace n'en était pas moins en pièces.

Quand la maîtresse rentra, la négligente domestique fut renvoyée à cause de sa désobéissance, et son gage fut retenu en compensation d'une partie du dommage qu'elle avait occasionné. Dans le nouveau service où elle s'engagea, on n'eut plus besoin de lui recommander de fermer les portes. Aussi peut-on lui appliquer cette maxime :

Pour l'étourdi qui se rit du danger
L'expérience est un apprentissage.
Elle est parfois lente à le corriger ;
Mais c'est à ses dépens toujours qu'il devient sage.

XXV

LE CERF

Hubert était encore en bas âge lorsque son excellent père, garde-chasse à Tannau, fut tué, au fond de la forêt, par un braconnier dont on ne put découvrir les traces. La mère pourvut par un travail assidu aux besoins de son enfant jusqu'à ce qu'il eût atteint l'âge d'entrer en apprentissage chez un brave garde-chasse. Il ne tarda pas à savoir parfaitement son métier, et il obtint l'emploi que son père avait exercé.

Un jour, il se trouvait dans la forêt en compagnie de plusieurs chasseurs, et il poursuivait avec eux un superbe cerf. L'ayant aperçu, il le visa et fit feu ; mais il ne l'atteignit pas. Au même instant il entendit une voix plaintive sortir des broussailles et s'écrier :

« O mon Dieu ! je suis touché ! »

Hubert courut aussitôt vers l'endroit d'où cette voix était partie ; il y trouva un vieillard qui baignait dans son sang et qui se tordait dans les convulsions de la mort. Toute la société des chasseurs se rassembla autour du moribond, tandis qu'Hubert, à genoux auprès de lui, l'entourait de ses bras et le suppliait de lui pardonner, en versant des larmes de désespoir et en protestant qu'il ne l'avait pas vu au moment de faire feu.

Mais le vieillard lui répondit :

« Tu n'as aucun pardon à me demander. Pour moi, l'heure est venue de te révéler un secret qui jusqu'à ce jour est resté inconnu au monde entier. Je suis le braconnier qui a tué ton père. Ici, sous ce vieux chêne, précisément à l'endroit où me voilà, son sang a rougi le sol tout à l'entour. Et c'est à la même place que toi, fils de ma victime, tu devais, sans le savoir ni le vouloir, venger sur moi le crime qui t'a rendu orphelin. »

Sa voix devenait de plus en plus faible.

« Dieu est juste, » murmura-t-il encore.

Puis il expira.

Parmi les témoins de cette scène, il n'y en eut pas un qui ne sentît un frisson de terreur courir dans tous ses membres, et l'un d'eux s'écria :

> La justice de Dieu vient parfois lentement.
> Et pourtant elle est là lorsque son heure sonne;
> Et, comme le tonnerre, elle frappe, et personne
> Ne saurait éviter ni fuir le châtiment. »

XXVI

LE LION

Un pauvre esclave s'était échappé de la maison de son maître; mais il fut repris et condamné à mort. On le conduisit dans une vaste arène qui était entourée de murs, et on lâcha contre lui un lion redoutable par sa férocité. Plusieurs milliers de spectateurs assistaient à cette scène.

8

Le lion, furieux, s'élança vers le condamné. Mais tout à coup il s'arrêta, se mit à remuer la queue et à sauter de joie autour de l'esclave, dont il léchait même par instants les mains. Tout le monde était frappé d'étonnement, et l'on demanda au condamné l'explication de ce prodige.

Alors l'esclave raconta ce qui suit :

« Quand je me fus enfui de chez mon maître, je gagnai le désert et me cachai dans une caverne. A peine y étais-je entré, que ce lion y vint aussi, en poussant des gémissements plaintifs et en me présentant sa patte où une grosse épine était enfoncée. Je retirai l'épine, et bientôt l'animal se trouva guéri. Dès ce moment il m'approvisionna de gibier, et nous vivions ensemble dans la caverne en fort bonne intelligence. Mais, à la dernière battue, nous fûmes séparés l'un de l'autre et pris tous deux. Et maintenant cet excellent animal se réjouit de m'avoir retrouvé. »

Ravi de voir la gratitude du bon lion, le peuple s'écria :

« Vive l'homme charitable ! et vive le lion reconnaissant ! »

L'esclave fut remis en liberté et comblé de riches présents.

Depuis ce jour, le lion ne le quitta plus et il l'accompagna partout avec la docilité d'un chien, sans faire de mal à personne.

> Quand la reconnaissance dompte
> Jusqu'aux animaux sans raison,
> Ne nous laissons pas faire honte,
> Mes enfants, par cette leçon.

Le lion.

XXVII

LA SOURIS

Marcel était un pauvre ouvrier qui habitait une petite ruelle non loin de la poste aux chevaux. Comme il s'entendait à conduire des voitures, le maître de poste le prit à son service.

Peu de temps après, Marcel fut accusé de voler de l'avoine. La nuit précédente, on l'avait vu rentrer furtivement dans sa maison portant un grand sac sur les épaules.

Le maître de poste se rendit aussitôt à la demeure de son employé et le pria de s'expliquer.

« Monsieur, lui répondit celui-ci, visitez toute ma maison ; si vous y trouvez un seul grain d'avoine, vous pouvez me renvoyer de votre service. »

Le maître, accompagné de Marcel, visita toute l'habitation, toutes les chambres depuis le grenier jusqu'à la cave, et il ne trouva pas un seul grain d'avoine.

Quand ils furent rentrés dans la chambre de Marcel, celui-ci dit à son maître :

« Je n'ai pas le droit de vous blâmer, monsieur, de chercher à connaître la vérité. Mais les calomniateurs qui m'ont faussement accusé doivent me rendre mon honneur. »

En parlant de la sorte, il donna sur la table un coup de poing qui fit trembler toute la chambre. Aussitôt, chose étrange ! une quantité de grains d'avoine tombèrent sur la table.

Marcel avait serré l'avoine volée dans une cachette pratiquée entre le plancher de la chambre supérieure et le plafond de celle où il se trouvait avec son maître. Or, une souris avait fait un petit trou dans le plafond, et c'est par là que les grains d'avoine tombaient. Marcel devint aussi pâle qu'un mort, car il ne lui était plus possible de nier le vol. Il fut condamné peu de temps après, et mis en prison pour sa vie entière.

Cette histoire a donné lieu au dicton que voici :

> Le méchant vainement dans le silence et l'ombre
> Se cache et croit que rien ne peut le découvrir.
> Souvent une souris suffit pour le trahir :
> Car Dieu le voit au fond de la nuit la plus sombre.

XXVIII

LE LOUP

Jean était un petit garçon adonné au mensonge. Un jour, il gardait un troupeau de moutons dans le voisinage d'une grande forêt, quand il s'avisa, par plaisanterie, de crier de toutes ses forces :

« Au loup ! au loup ! »

Les gens du village voisin accoururent aussitôt par troupes, armés de haches et de bâtons, pour tuer le sauvage animal. Mais comme ils n'en trouvèrent pas la moindre trace, ils retournèrent chez eux, tandis que Jean riait sous cape.

Le lendemain, il cria de nouveau :

« Au loup! au loup! »

Les paysans accoururent derechef; à la vérité, en moins grand nombre que la veille. Mais, n'ayant pas encore trouvé le loup cette fois, ils se retirèrent en secouant la tête et en maugréant parce qu'on les avait dérangés pour rien.

Le troisième jour, un loup vint tout de bon. Alors Jean se mit à crier avec un accent lamentable :

« Au secours! au secours! le loup! le loup! »

Hélas! cette fois personne ne vint à l'aide du jeune berger.

Le cruel animal fondit sur le troupeau, et étrangla un grand nombre de moutons. Parmi ceux qui périrent ainsi, il s'en trouvait un qui appartenait à Jean lui-même et qui, pour sa gentillesse, était le préféré de son maître.

> Comme nous l'apprend cette histoire,
> Le menteur peut tromper notre crédulité;
> Mais on finit toujours par cesser de le croire,
> Quand même il dit la vérité.

XXIX

L'OURS

Un ours énorme séjournait dans une épaisse forêt. Deux jeunes chasseurs, qui voyageaient ensemble, Hubert et Eustache, en ouïrent parler, et ils se dirent :

« Celui-là, nous ne tarderons pas à le prendre ! »

Chaque jour ils se rendaient à la forêt pour guetter leur proie. Le soir venu, ils rentraient à leur auberge ; et, quoiqu'ils n'eussent pas d'argent, ils buvaient du meilleur vin.

« La peau de l'ours, disaient-ils à l'aubergiste, suffira pour payer notre dépense. »

Un jour qu'ils parcouraient la forêt selon leur coutume, la bête vint à leur rencontre en grondant d'une manière effrayante.

Hubert l'ajusta ; mais, comme il tremblait, il le manqua, et il ne lui resta plus qu'à grimper en toute hâte sur un arbre. Eustache, dont le fusil rata, se coucha par terre et fit le mort. L'ours s'approcha de lui et le flaira à la bouche, au nez et aux oreilles ; puis il s'en alla, car les ours ne touchent point aux cadavres.

Quand le terrible animal se fut éloigné, Hubert demanda, en plaisantant, à son camarade :

« Eustache, qu'est-ce donc qu'il t'a dit à l'oreille ?

— Ce qu'il m'a dit ? répliqua son compagnon : c'est que nous devons nous garder à l'avenir de vendre la peau de l'ours avant de l'avoir tué.

« Un tiens vaut mieux que deux tu l'auras, » dit l'adage.
Escompter l'avenir, c'est, ajoute le sage,
Plumer l'oisel avant qu'il se soit englué,
Vendre la peau de l'ours avant qu'on l'ait tué.

XXX

LE SINGE

Il y avait une fois un homme fort riche qui cependant était avare au point qu'il ne donnait jamais un centime à un pauvre. Il avait acheté un singe à très-bas prix, dans l'espoir de le revendre plus cher.

Un jour, cet avare au cœur de pierre était sorti. Le singe vit un voisin, homme très-charitable, jeter par la fenêtre une pièce de cinq centimes à un pauvre qui passait. Aussitôt il ouvrit la caisse de son maître et se mit à y puiser à pleines poignées des pièces d'or et d'argent qu'il lança par la fenêtre dans la rue.

Une multitude de gens accoururent, ramassèrent autant de pièces qu'ils purent et se les disputèrent à grands coups.

La caisse était déjà presque vide, lorsque l'avare remonta la rue et vit avec effroi ce qui se passait.

« Oh! cet abominable, oh! cet atroce, oh! ce maudit animal! » s'écria-t-il en menaçant de loin le singe des deux poings.

Mais le voisin dit à l'homme furieux :

« Résignez-vous, mon ami. Sans doute, c'est folie que de jeter l'argent par les fenêtres, comme faisait votre singe; mais il n'y a pas plus de sagesse à l'entasser dans un coffre, sans profit pour vous-même ni pour les autres.

Si Dieu nous a donné la richesse en partage,
C'est à condition d'être aussi plus humain,
    C'est pour en faire un bon usage
    Pour nous et pour notre prochain.

XXXI

LA VIPÈRE

Un matin, Mme de Grunthal était assise dans sa chambre, où elle cousait. Ses six enfants étaient auprès d'elle. Deux petits garçons s'occupaient à lire et à écrire, deux petites filles à tricoter, et les enfants plus jeunes à jouer ensemble. En ce moment le jardinier entra avec une corbeille remplie de fleurs. Il la posa sur la table, disant que c'était un cadeau qu'il apportait pour les enfants.

Ceux-ci s'empressèrent autour de la corbeille en poussant des cris de joie et en regardant avec admiration les jolies fleurs qu'elle contenait. La mère se tenait auprès et prenait plus de plaisir encore à regarder les joyeux visages de ses enfants, qu'à admirer les fleurs, si charmantes qu'elles fussent.

Mais tout à coup les fleurs commencèrent à remuer comme d'elles-mêmes, et au même instant un serpent venimeux dressa, en sifflant, sa tête au milieu des roses et des lilas. Les enfants, saisis d'effroi, s'enfuirent dans toutes les directions.

Heureusement le jardinier parvint à tuer d'un coup de serpette la vipère qui était de l'espèce la plus dan-

gereuse. C'était la veille, dit-il, qu'il avait arrangé les
fleurs dans la corbeille ; mais, comme les enfants
étaient sortis, il l'avait laissée dans le jardin, afin que
la rosée de la nuit conservât aux fleurs leur fraîcheur
et leur beauté. La vipère devait s'y être glissée sans
qu'il s'en fût aperçu.

Aucun danger n'étant plus à craindre, la mère rappela ses enfants effrayés et leur dit :

« L'effroi que vous venez d'éprouver peut vous être
salutaire pour toute votre vie. De même que cette vipère se cachait parmi les fleurs, le mal se cache souvent parmi les joies et les plaisirs du monde. C'est
pourquoi soyez prudents, et n'oubliez jamais ces paroles de votre mère :

Oh! bien souvent parmi les plaisirs de ce monde,
Se dérobe le vice aux hideuses couleurs,
    Pareil à la vipère immonde
    Qui se cache parmi les fleurs. »

XXXII

LE LÉZARD

Un jour, une pauvre veuve monta, avec ses deux
enfants, sur une montagne qui s'élevait non loin du
village et où se trouvait un vieux château en ruine.
Elle y allait chercher des plantes qu'elle vendait aux
pharmaciens. Quant elle fut arrivée au sommet de la
montagne, elle dit aux enfants :

« Voyez comme ces rochers sont couverts de fraises. Cueillez-en et mangez-en à votre plaisir. Pendant ce temps, je vais chercher des herbes le long de ces vieilles murailles.

Les enfants se mirent à cueillir et à manger des fraises, et la mère alla chercher des plantes. Mais à peine en eut-elle rassemblé quelques-unes, qu'elle entendit la petite Lise crier de toutes ses forces. Au cri de l'enfant la mère accourut et trouva sa fille tout en larmes, qui lui dit, tremblante encore :

« O mère! Il y avait là un animal, venimeux sans doute, qui voulait me mordre. »

Mais le petit garçon se prit à rire et dit :

« Ce n'était qu'un simple lézard.

— En ce cas, dit la mère à Lise, tu n'avais rien à craindre, car ce beau petit animal vert et or ne fait de mal à personne. »

Comme elle parlait ainsi, il se fit soudain un bruit plus effrayant qu'un coup de tonnerre, et la montagne fut ébranlée comme si un tremblement de terre l'eût secouée. La mère et les enfants, saisis d'épouvante, se tournèrent du côté où le bruit s'était fait entendre, et ils virent qu'un énorme pan de mur, au pied duquel la mère avait, peu de moments auparavant, cueilli des herbes, venait de s'écrouler.

« O mes enfants, s'écria-t-elle en joignant les mains, rendons grâce à la Providence. Qui le croirait? c'est par un simple lézard que le bon Dieu m'a conservé la vie. Si ce petit animal n'avait pas, juste au moment où je me trouvais au milieu de ces ruines, effrayé Lise au point de lui faire pousser un grand cri, je ne serais pas accourue et je me trouverais, à l'heure qu'il est, ensevelie sous ces énormes blocs de pierre. »

Il nous suffit d'avoir des yeux
Pour voir comment la Providence
Veille sur nous en toute circonstance
Et veille sur nous en tous lieux.

XXXIII

LES POISSONS RARES

Un négociant avait invité ses amis à dîner dans sa
maison de campagne. Il voulait, disait-il, les régaler
de lamproies, poissons de mer très-estimés. Déjà un
grand nombre de mets avaient passé sur la table ,
lorsqu'on servit un plat couvert, dans lequel les convives s'attendaiet à voir figurer les lamproies. Mais,
lorsqu'on eut levé le couvercle, ils n'y virent, au lieu
de poissons, que quelques pièces d'or.

Alors le négociant leur dit :

Mes amis, les poissons que j'avais promis de
vous servir coûtent cette année trois fois plus cher
que je ne croyais. Les lamproies se vendent vingt
francs pièce. Or, je me suis rappelé qu'il y a dans
le village un pauvre journalier qui est malade et dont
les enfants n'ont pas de pain à manger. L'argent que
coûterait un plat de lamproies suffirait pour nourrir
cette famille pendant une demi-année. Que si vous
persistez, mes amis, à vouloir manger de ces poissons, je vais en faire acheter, et ils seront immédiatement apprêtés et servis. Mais si, au contraire, vous
consentez à ce que nous en envoyions le prix à cette

famille malheureuse, je vous ferai servir d'excellent poisson de rivière, qui coûtera beaucoup moins. »

Tous les convives applaudirent à la proposition charitable de leur hôte. Chacun d'eux ajouta même une pièce d'or à celles qui étaient dans le plat, et le pauvre journalier fut à l'abri de la misère pour plus d'un an.

> Honte à qui, ne rêvant que plaisir délectable,
> Dépense sa richesse en festins délicats,
> Sans songer quelquefois au pauvre qui n'a pas
> Un morceau de pain sur sa table !

XXXIV

LES CARPES

Un pêcheur avait près de sa cabane un vivier rempli de belles carpes, et son aide Otmar allait de temps en temps, un baril sur le dos, en vendre aux amateurs.

Un jour, Otmar vola dans le vivier du château une carpe superbe et la mit secrètement dans le baril avec les autres poissons. Mais, quand il la présenta à la châtelaine, celle-ci s'écria, aussitôt qu'elle vit la carpe :

« Ah ! celle-ci appartient à notre vivier ; je la reconnais fort bien. »

Non-seulement le voleur ne fut pas payé, mais encore il subit vingt-quatre heures de prison.

Les carpes.

Peu de temps après, il prit de nouveau une carpe dans le vivier seigneurial et il alla l'offrir, avec d'autres poissons, au garde forestier. Celui-ci regarda les carpes qui étaient dans le baril :

« En voilà une, dit-il, que tu as volée à mon maître. »

Et cette fois Otmar fut emprisonné au pain et à l'eau pour trois jours.

Néanmoins, il voulut encore une fois tenter la fortune. Il déroba de nouveau dans le vivier une grande carpe miroitée, et la porta au marché de la ville, où il croyait qu'on ne devait ni le connaître lui-même, ni savoir les larcins dont il s'était déjà rendu coupable. Mais le surveillant du marché, qui se promenait parmi les étalages des poissonniers, s'écria, dès qu'il eut regardé la carpe d'Otmar :

« Voilà un poisson volé! »

Arrêté aussitôt, le coupable fut remis entre les mains de la justice, et condamné plus tard à un an d'emprisonnement.

« Mais comment cela est-il possible? se disait Otmar. Je ne comprends pas comment, à la seule vue de ces poissons, on a pu deviner qu'ils étaient volés. »

Tout le secret consistait en ceci : l'intendant du château, avant de mettre de jeunes carpes dans le vivier, leur coupait toujours une partie du bout de la queue, et quelques personnes de confiance seules le savaient. Ceux qui ignoraient cette particularité pouvaient à peine s'en apercevoir. Après s'être longtemps et vainement creusé la tête pour s'expliquer ce qu'il regardait comme une chose surnaturelle, Otmar s'écria :

9

« Quoi qu'il en soit, je sais maintenant une chose, c'est que :

> Le voleur est toujours découvert, quoi qu'il fasse,
> Et rien ne peut l'aider, la ruse ni l'audace.
> Un accident suffit pour nous le révéler,
> Le mieux est de ne point voler. »

XXXV

L'HAMEÇON D'OR

Un prince avait envie de s'amuser à pêcher à la ligne. Il se fit faire une canne superbe à laquelle pendait un hameçon d'or attaché à une ligne de soie; puis il alla s'asseoir au bord du lac et se mit à pêcher. A peine avait-il jeté l'hameçon à l'eau, qu'il amena un tout petit poisson. Il jeta de nouveau la ligne. Cette fois un gros brochet mordit à l'appât; mais il rompit le fil et disparut avec l'hameçon d'or.

Alors le prince dit :

« Voilà que j'ai jeté un hameçon d'or pour ne prendre qu'un misérable goujon. Qu'on m'apporte un hameçon de fer; car il n'est pas sage de risquer beaucoup pour gagner peu de chose. »

C'est depuis ce temps que, lorsqu'on parle de jeux de hasard et particulièrement de la loterie, on a coutume de répéter ce proverbe si sage :

> Qui livre son argent au hasard incertain,
> Aux chances de la loterie,

Risque un hameçon d'or dans une pêcherie
Pour n'attraper que du fretin.

XXXVI

LES ABEILLES

1

Louis, se trouvant un jour dans le jardin du voisin, aperçut un superbe rosier tout garni de fleurs. Il y cueillit une rose et se dit :

« Je veux en aspirer le parfum à mon aise. »

Mais à peine eut-il engagé son nez dans la rose à demi ouverte, qu'il éprouva une violente douleur. Une abeille, cachée dans la fleur, avait piqué le petit étourdi qui avait failli l'écraser.

> A tout plaisir immodéré s'attache
> Quelque regret ou bien quelque douleur,
> C'est une abeille qui se cache
> Dans le calice de la fleur.

2

Louis, qui était d'un naturel extrêmement emporté, prit alors des mottes de terre et de gazon et les lança, comme un furieux, contre la ruche. Aussitôt les abeilles s'agitèrent, et telle était leur irritation,

qu'elles l'attaquèrent en foule et lui firent plus de
cent piqûres. Il en devint dangereusement malade,
eut à souffrir d'horribles douleurs, et ce fut à grand'-
peine qu'il échappa à la mort.

> Il faut souvent en patience
> Prendre une contrariété,
> Si l'on n'en veut trouver, en vérité,
> De plus grandes en abondance.

XXXVII

LES ABEILLES ET LES ROSES

Adolphe voulut un jour cueillir des roses ; mais il
se piqua aux épines et il en ressentit de vives douleurs. Un autre jour, il voulut goûter du miel d'une
ruche, et les abeilles lui firent plusieurs brûlantes
piqûres.

« Pourquoi donc, demanda-t-il à son père, ces
fleurs si belles ont-elles des épines si aiguës, et pourquoi les abeilles, qui font un miel si doux, ont-elles
des aiguillons si venimeux ?

— C'est peut-être pour nous rappeler, répondit
le père, que même les choses les plus belles et les
plus douces peuvent devenir funestes à ceux qui veulent en jouir sans prudence. Aussi n'oublie pas cette
vérité :

> La rose a la beauté, le miel vient de l'abeille.
> Ce sont la chose douce et la chose vermeille.

N'y touchons cependant qu'avec précaution;
Car la rose a des dards; l'abeille un aiguillon. »

XXXVIII

LES DEUX PAPILLONS

1

Un soir, le père Richard était assis avec ses enfants dans le pavillon de son jardin. En ce moment,
deux petits papillons aux ailes bigarrées de pourpre
et d'or entrèrent par la fenêtre et se mirent à voltiger gaiement autour de la lumière éclatante de la
lampe qu'on venait d'allumer. Le père essaya vainement de les éloigner. Ils s'obstinèrent à voltiger autour de la lumière; si bien que l'un de ces charmants
insectes fut atteint par la flamme, se brûla les ailes
et les pattes, tomba sur la table et mourut.

« Mes enfants, dit le père, voilà ce qui arrive à
l'homme qui se laisse éblouir par les vaines apparences du monde. Il finit par se perdre et par mourir. »

Bien souvent une étourderie,
Une légèreté souvent
Nous fait perdre en un seul instant
Le bonheur de toute la vie.

2

L'autre papillon, qui se reposait sur la table, allait précisément prendre son vol et s'élancer vers la flamme. Mais, pour le préserver de la mort, le père se hâta de l'enfermer dans une coupe de porcelaine qui se trouvait sur la table.

« Si cet animal pouvait réfléchir et parler, dit-il, il me reprocherait peut-être de l'avoir si impitoyablement enfermé dans cette prison obscure; car il ne s'imagine sans doute pas que je lui ai rendu un grand service et que demain, dès le lever du jour, je le rendrai à la liberté. »

Ainsi nous-mêmes nous accusons souvent la bonté de Dieu, qui, avec les intentions les plus sages et les plus paternelles, nous envoie parfois des épreuves pour nous préserver de notre perte et nous préparer au bonheur futur du ciel.

Les épreuves que Dieu par moments nous envoie
Durent bien peu de jours,
Tandis que les douceurs de la céleste joie
Doivent durer toujours.

XXXIX

LES MOUCHES ET LES ARAIGNÉES

Un jeune prince demandait un jour :

« Pourquoi Dieu a-t-il créé les mouches et les araignées? De pareils insectes ne sont d'aucune utilité
aux hommes. Si j'en avais le pouvoir, je les ferais
tous disparaître de la terre. »

Son précepteur lui répondit :

« La création tout entière, ce grand ménage de
Dieu, si je puis m'exprimer de la sorte, est si sagement disposée, que toutes les créatures, même les
plus petites, ont leur utilité, bien que nous ne puis-
sions pas toujours le prouver d'une manière positive.

— Soit, repartit le prince, j'admets que pour l'ensemble de la création les insectes peuvent être utiles ;
mais pour l'homme, ils sont souvent un véritable
tourment.

— A l'homme aussi, répliqua le précepteur, Dieu
peut donner une marque de sa bonté paternelle au
moyen de la plus infime de ses créatures, et même
lui sauver la vie.

— Cela ne me paraît guère possible, reprit le
prince. Comment voulez-vous que je puisse devoir la
conservation de ma vie à une mouche ou à une araignée? »

Quelques années après, le prince était allé à la
guerre, et il se vit un jour obligé de fuir devant l'en-

nemi. Le soir, étant exténué de fatigue, il se coucha au pied d'un arbre au milieu de la forêt et s'endormit. Un soldat ennemi, qui l'avait suivi à la piste, se glissa doucement auprès de lui, le sabre à la main, pour le tuer. Au même instant, une mouche vint se poser sur la joue du prince et le piqua si vivement qu'il se réveilla en sursaut.

Aussitôt il se leva, tira son épée, et mit le soldat en fuite.

Le danger disparu, il alla se cacher dans une caverne de la même forêt. Pendant la nuit, une araignée tendit sa toile à l'entrée de la caverne. Au point du jour, elle avait fini son travail. En ce moment, deux soldats, qui cherchaient le fugitif, passèrent devant l'ouverture de la grotte où il s'était abrité. Le prince les entendit converser entre eux.

« Regarde, disait l'un, c'est sans doute ici qu'il s'est caché.

— Non, répondait l'autre, il n'est pas possible qu'il se trouve dans cette caverne, car il aurait, en y entrant, déchiré cette toile d'araignée. »

Quand les soldats furent partis, le prince s'écria avec émotion, en levant les mains au ciel :

« O mon Dieu, combien je vous rends grâce ! Hier, vous m'avez sauvé la vie par le moyen d'une mouche ; aujourd'hui, vous me la sauvez par le moyen d'une araignée. Comme elles sont bien faites, toutes les œuvres de votre main ! »

> Rien dans tout ce que Dieu créa n'est inutile.
> Le faible esprit de l'homme est souvent inhabile
> A saisir le pourquoi du divin Créateur.
> Admire donc son œuvre et bénis-en l'auteur.

Les mouches et les araignées.

XL

LES PERLES

1

Un voyageur s'était égaré dans un de ces vastes
déserts qui occupent toute la partie centrale de l'A-
frique. Pendant deux jours entiers, il n'avait rien
trouvé à manger ni à boire, et il souffrait de la faim
et de la soif. Enfin, il arriva près d'un arbre à l'ombre duquel jaillissait une source d'eau fraîche. L'arbre ne portait pas le moindre fruit; mais auprès de
la source était déposé un petit sac.

« Dieu soit loué! dit le voyageur en tâtant le sachet.
Ce sont peut-être des pois qui m'empêcheront de mourir de faim. »

Aussitôt il ouvrit avidement le sac et s'écria, très-
désappointé :

« Ah mon Dieu! ce ne sont que des perles! »

Le pain qui nous nourrit, enfants, est un trésor,
Qui vaut mille fois mieux que les perles et l'or.

2

Le pauvre voyageur allait mourir de faim à côté de
ces perles qui valaient plusieurs milliers d'écus; mais

il se mit à prier Dieu avec ferveur. Au même instant, il vit un Maure assis sur un chameau accourir en toute hâte.

C'était lui qui avait oublié le sac de perles en s'abreuvant à la source. Aussi fut-il très-content de l'avoir retrouvé. Il eut pitié du voyageur affamé, lui donna du pain et des fruits délicieux, et le prit avec lui sur son chameau.

« Voyez donc, dit le Maure, comme les voies de Dieu sont admirables! La perte de mes perles, je la regardais comme un grand malheur; mais elle fut un grand bonheur pour vous; car Dieu l'a voulu ainsi pour me forcer à revenir sur mes pas et de vous sauver la vie. »

> Celui qui veut en Dieu mettre sa confiance
> Est certain de trouver en lui de l'assistance.

XLI

L'OR

Deux frères, Gustave et Louis, avaient traversé la mer et étaient allés bien loin d'ici dans une autre partie du monde pour y faire fortune.

Gustave acheta, pour quelques écus, un espace de terrain inculte. Ensuite, il se mit à le labourer avec la plus grande ardeur, et bientôt il eut du blé et du grain en abondance.

Louis alla dans la montagne pour chercher de la

poudre d'or dans le sable des rivières. Mais il y menait une vie de misère ; car il n'avait pour se nourrir que des racines et des écorces d'arbre. Enfin il revint chez son frère avec un sac rempli de poudre d'or.

« Regarde, mon frère, lui-dit-il, comme j'ai été favorisé du sort. Tout cet or est à moi. Seulement, donne-moi à manger ; car je suis excédé de fatigue et je meurs de faim.

— Bien, répondit Gustave, je te donnerai à manger ; mais mon pain, il faut que tu me le payes son pesant d'or. »

Quoique ce marché déplût singulièrement à Louis, force lui fut d'accepter, car le pauvre garçon était trop faible et trop exténué pour aller plus loin.

Peu de jours après, Gustave se trouva en possession de tout l'or de son frère. Alors il lui dit :

« Mon cher frère, je te rends ton trésor. Je ne suis pas assez cruel pour prendre ce qui t'appartient. J'ai voulu seulement te montrer que les richesses ne nous rendent pas heureux et que l'amour du travail vaut mieux que la possession de l'or. »

Que de gens, en dépit des lois de la sagesse,
Amassent des trésors et s'en font un tourment !
Ce qui vaut mieux encor que ne vaut la richesse,
C'est l'amour du travail et le contentement.

XLII

LES PIERRES PRÉCIEUSES

Une dame de haut rang avait chargé un orfévre de lui monter une magnifique parure, pour laquelle elle lui confia une quantité de pierres précieuses.

Robert, jeune ouvrier qui faisait son apprentissage chez l'orfévre, prenait grand plaisir à voir ces pierres si brillantes et de couleurs si variées, et il ne cessait de les regarder.

Un jour, le maître s'aperçut que deux des plus belles avaient disparu. Il soupçonna tout d'abord son apprenti de les avoir dérobées; et, dans l'espoir de les retrouver, il alla visiter en secret tous les recoins de la chambre de Robert. Il y découvrit, en effet, les deux pierres cachées au fond d'un trou creusé dans la muraille au-dessus d'une vieille armoire.

Robert eut beau soutenir qu'il n'avait pas volé les pierres; son maître, après l'avoir châtié rudement, lui dit qu'il méritait d'être livré à la justice, et le mit à la porte.

Mais le lendemain une autre pierre disparut, et l'orfévre la retrouva dans la même cachette.

Alors il se mit aux aguets pour découvrir l'auteur de ces vols. Il ne tarda pas à voir une pie, que Robert avait élevée et apprivoisée, descendre sur l'établi, prendre une pierre dans son bec et la porter dans le trou de la muraille.

Ce fut un trait de lumière pour l'orfévre, qui regretta amèrement d'avoir été injuste envers le pauvre Robert. Il le reprit à son service, le traita dès ce moment avec la plus grande bonté, et se garda désormais de soupçonner si légèrement les gens.

> Qui trop légèrement soupçonne
> La probité de son prochain,
> Mauvais semeur, toujours moissonne
> D'amers regrets le lendemain.

XL

LES CAILLOUX

Le jeune Florian, domestique d'un roulier, était tombé dangereusement malade à force de boire de l'eau-de-vie. Le médecin lui dit :

« Si vous ne renoncez pas complétement à boire des liqueurs fortes, vous mourrez ; car c'est un véritable poison pour les jeunes gens.

— Malheureusement, je ne saurais plus m'en passer, répondit le malade ; j'y suis déjà trop accoutumé. Il me serait impossible de vivre sans boire chaque jour la valeur du petit flacon que voilà. »

Le docteur reprit :

« Soit ! Il faut donc que j'avise à un moyen tout à fait particulier de vous guérir. »

Le lendemain, le médecin apporta une boîte remplie de petits cailloux soigneusement lavés, et dit à Florian :

« Chaque jour vous introduirez une de ces pierres dans votre bouteille. Mais ayez soin de les y laisser toutes ; par ce moyen, cette boisson aura bientôt cessé de faire tort à votre santé. »

Le malade s'imagina que ces petits cailloux avaient la vertu de rendre l'eau-de-vie inoffensive. Aussi, il ne manqua pas un seul jour d'en laisser tomber un dans la bouteille. De cette manière, il buvait chaque jour quelques gouttes de moins sans qu'il s'en aperçût ; et lorsque, à la fin, le flacon se trouva entièrement rempli de cailloux, Florian était complétement guéri de sa funeste habitude.

> Celui qui chaque jour fait un pas vers le mieux
> Finit par devenir bon, sage et vertueux.

XLIV

LE PAVÉ

Un homme fort riche se prit de querelle avec un pauvre journalier ; et, enflammé de colère, il saisit un pavé qu'il lui jeta. L'indigent ramassa le pavé et l'emporta à sa maison.

« Peut-être un temps viendra, pensa-t-il, où je pourrai à mon tour jeter cette pierre à mon ennemi sans que j'aie rien à craindre de lui. »

L'homme opulent fut réduit à la misère par son orgueil, par sa fainéantise et par sa prodigalité, et

Le pavé.

10

un jour il passa, couvert de haillons, devant la cabane
du pauvre.

En ce moment, le journalier, le voyant passer, prit
la pierre et se disposa à la jeter à l'infortuné; mais,
réprimant tout à coup ce mouvement irréfléchi, il se
dit:

« Maintenant je sens qu'on ne doit jamais répondre par le mal au mal qu'on a reçu. Aussi longtemps
que mon ennemi a été riche et puissant, j'ai cru
qu'il était sage de résister à la tentation de la ven-
geance; ce serait une cruauté indigne d'un chrétien
que d'y céder aujourd'hui qu'il est dans le malheur. »

En disant ces mots, il laissa tomber le pavé et
donna un gros morceau de pain à l'homme ruiné que
la faim avait réduit à la mendicité.

L'oubli du mal reçu, c'est la loi du chrétien;
Même à ses ennemis il faut faire du bien.

XLV

LE SAC DE TERRE

Un homme riche et puissant, voulant agrandir son
jardin, prit à une pauvre veuve, qui était sa voisine,
une petite pièce de terre, la seule qu'elle possédât.
Le lendemain, comme il visitait le champ dont il
s'était si injustement emparé, la malheureuse femme
s'approcha de lui, portant à la main un sac à blé qui
était vide. Les yeux tout baignés de larmes, elle lui
dit :

« Je vous en supplie, monseigneur, laissez-moi prendre de mon patrimoine autant de terre seulement que ce sac en pourra contenir. »

Le riche se prit à sourire et lui dit :

« Je ne puis vous refuser cette demande, si bizarre qu'elle me paraisse. »

La veuve se mit aussitôt à remplir de terre le sac qu'elle avait apporté. Quand il fut tout plein, elle dit au seigneur :

« Il me reste encore une grâce à vous demander. Veuillez avoir la bonté de m'aider à charger ce sac sur mes épaules. »

Le riche, qui n'avait aucune envie de se donner cette peine, refusa d'un air de mauvaise humeur d'aider la pauvre femme. Cependant, elle ne cessait de le supplier. Enfin il céda à ses instances. Mais, comme il n'était habitué au travail ni à la fatigue, il essaya vainement de soulever le sac.

« Cela m'est impossible, dit-il. Il est bien trop lourd. »

Alors la veuve lui dit d'un ton solennel :

« Monseigneur, si un seul sac de terre est trop pesant pour vos forces, comment avez-vous pu penser à charger, pour l'éternité, votre conscience de ce champ tout entier, que mille de ces sacs ne pourraient contenir. »

Effrayé de ces paroles, l'usurpateur se hâta de restituer le champ à la pauvre veuve.

> Le bien acquis par l'injustice
> Est le plus lourd fardeau qu'on ait jamais porté.
> Sur votre conscience — ô horrible supplice ! —
> Il pèsera durant toute l'éternité.

TROISIÈME PARTIE

I

LE SOLEIL

Un soir, comme l'obscurité était déjà venue, une ménagère très-laborieuse revenait avec ses deux enfants du verger où ils avaient travaillé ensemble. En rentrant à la maison, ils virent, à leur grande surprise, une lampe allumée sur la table.

Georges tout stupéfait s'écria :

« Voilà qui est singulier ! Il n'y avait personne à la maison. Qui donc a pu allumer la lampe ?

— Eh ! répliqua la petite Marguerite, ce ne peut être que notre père. Il est sans doute revenu de la ville où il était allé pendant que nous travaillions au verger. »

Les enfants se mirent aussitôt à le chercher ; et, à leur grande joie, ils le trouvèrent dans la chambre voisine.

Le lendemain, la famille était occupée dans le pré à tasser le foin. Le soleil brillait dans toute sa beauté ; Georges et Marguerite en admiraient la splendeur avec un véritable ravissement.

« Mes enfants, leur dit alors le père, hier vous n'eûtes pas de peine à deviner que c'était moi qui avais allumé la lampe dans notre chambre. Aujourd'hui, en voyant briller là-haut cette belle et superbe lumière, qui est le soleil, ne devinez-vous pas aussi qui a pu l'allumer ?

— Oh ! certainement, répondit Marguerite ; c'est le bon Dieu. La plus petite lampe ne saurait s'allumer d'elle-même. Il doit donc y avoir aussi quelqu'un qui ait allumé le soleil.

— Cela est vrai ! s'écria Georges avec joie. Dieu est le créateur de toutes choses. Le soleil, la lune et les étoiles, l'herbe, les fleurs et les arbres, en un mot, tout ce que nous voyons autour de nous est l'ouvrage de sa main. »

L'astre qui luit là-haut plein de magnificence
Du Dieu qui l'a créé proclame la puissance.

II

LA LUNE

Le père Herman était parti un matin pour la ville avec son fils, le jeune Frédéric. Le soir venu, la mère alla au-devant d'eux avec la petite Thécla. Il

Le soleil.

était assez tard, lorsqu'enfin ils se rencontrèrent, et la mère dit qu'elle commençait déjà à s'inquiéter en ne les voyant pas revenir. Mais Frédéric lui répondit :

« Oh ! il n'y avait pas le moindre danger. La lune qui brille là au-dessus de ces collines boisées, nous a éclairés de sa douce lumière, et, depuis la porte de la ville jusqu'ici, elle n'a cessé de nous accompagner fidèlement.

— Et nous aussi, dit Thécla, elle nous a suivies depuis la porte de notre maison jusqu'à cet endroit.

— Je ne crois pas cela ! s'écria son frère. Car comment la lune aurait-elle pu aller en même temps de la ville au village et du village à la ville ? Peut-elle marcher à la fois en avant et en arrière ? Quant à moi, je ne le pourrais. Bref, c'est impossible.

— Mon cher Frédéric, dit alors le père, ce qui te paraît une énigme, moi je le comprends cependant fort bien. Seulement, la faiblesse de ton intelligence ne te permettrait pas encore de saisir l'explication que je pourrais t'en donner. Il faut donc que pour le moment cela reste un mystère pour toi. Toutefois, cette belle et aimable lune, dont tu ne t'expliques pas la marche dans l'espace du ciel, peut te donner cette utile leçon :

« Puisque sur la terre même il y a une quantité de choses que nous ne comprenons pas, nous ne devons pas être surpris qu'au delà de notre sphère il y en ait aussi qui échappent à notre entendement. Ainsi, dans notre sainte religion il y en a plusieurs dont l'esprit humain ne peut se rendre raison ; seulement la faute en est à notre intelligence incomplète et bornée. »

Dieu garde pour lui seul plus d'un profond mystère
Que le chrétien doit croire avec un cœur sincère.

III

LA PLUS BELLE ÉTOILE

1

Charles disait :

« Regarde donc, ma sœur, de quel éclat vif et charmant l'étoile du soir brille dans le ciel ! C'est, à coup sûr, la plus belle étoile du firmament. Elle jette une lumière si vive, que les arbres du jardin en donnent de l'ombre.

— En effet, elle est très-belle, répondit Frédérique. Mais l'étoile du matin est plus belle et plus éclatante encore. »

Chacun des deux enfants soutenant son avis, ils allèrent porter leur contestation devant leur père.

« Mes enfants, leur dit-il, votre différend ne témoigne que de votre ignorance. Car il ne s'agit ici que d'une seule et même étoile : on l'appelle étoile du matin quand elle se montre au firmament à la pointe du jour, et étoile du soir lorsqu'elle y paraît au moment où la nuit va venir. »

Il faut parfois bien peu de chose
Pour vous mettre d'accord, esprits intolérants.

On dispute souvent sur des mots différents,
Qui désignent la même chose.

2

Un jour, vers les premières lueurs de l'aube,
comme la charmante étoile brillait au ciel, le père
réveilla les enfants. Tous deux s'écrièrent, en la
voyant :

« L'étoile du matin jette une clarté bien plus
grande que l'étoile du soir. »

Mais le père leur dit :

« Cette belle étoile est en réalité plus brillante le
soir que le matin, parce que, le soir, elle est plus
rapprochée de nous de plusieurs millions de lieues.
Si, le matin, elle nous semble plus belle et plus vive,
c'est parce que nous avons l'esprit plus gai, plus
éveillé, et que nous sommes mieux disposés alors à
prêter aux choses que nous voyons un éclat qu'elles
ne tiennent pas entièrement d'elles-mêmes. Aussi ne
manquons pas de remercier le bon Dieu de ce bienfaisant sommeil qu'il nous donne et qui nous égaye
autant qu'il nous fortifie. Enfin, mettons toujours à
profit les inappréciables heures du jour naissant. La
charmante étoile du matin nous y invite, car elle
nous dit :

Quand le jour se rallume et reprend son empire,
Les oiseaux et les fleurs, tout chante et rit aux yeux.
Les enfants ont leur part dans ce concert joyeux,
Oiseaux par leurs chansons et fleurs par leur sourire. »

IV

LE SOLEIL ET LA PLUIE

Par une triste journée de pluie et d'orage, plusieurs enfants se disaient entre eux :

« Mon Dieu ! pourquoi le soleil ne brille-t-il pas toujours ? »

Le ciel parut bientôt exaucer leur vœu. Car, durant plusieurs mois, on ne vit pas le moindre nuage dans l'air. Mais cette longue sécheresse faisait beaucoup de tort aux champs et aux prairies. Les fleurs et les arbustes dépérissaient dans les jardins, et à peine si le lin, que les jeunes filles eussent eu tant de plaisir à voir grandir, atteignit la hauteur de quelques pouces.

« Vous voyez maintenant, dit la mère, que la pluie n'est pas moins nécessaire que le soleil. De cette sage disposition de Dieu tirez cette vérité salutaire qu'il ne serait pas bon pour nous de vivre toujours dans la joie et les plaisirs. Il faut que, pour devenir patients et sages, nous ayons quelquefois des jours moins sereins, des épreuves et des souffrances. »

Le beau temps et la pluie et l'orage qui gronde,
Il nous faut accepter ce qui vient du Seigneur.
De même, en bénissant sa sagesse profonde,
Acceptons de sa main la joie et la douleur.

V

LA PLUIE

Un jour, un marchand revenait de la foire et regagnait sa maison. Il avait attaché sur la croupe de son cheval une valise qui contenait beaucoup d'argent. La pluie tombait par torrents, et le brave homme était mouillé jusqu'aux os. Aussi était-il fort mécontent, et se plaignait-il de ce que Dieu lui donnait un si mauvais temps pour son voyage.

La route qu'il suivait traversait une épaisse forêt. Il s'y fut à peine engagé, qu'il aperçut avec effroi un brigand qui, à demi caché derrière un arbre et armé d'un fusil, le coucha en joue et voulut faire feu. Le voyageur eût été perdu sans ressources si la poudre n'avait pas été mouillée par la pluie. Le fusil rata, et cette circonstance sauva la vie au marchand. Piquant des deux, il s'éloigna au plus vite et sortit heureusement de la forêt.

Quand il se trouva en sûreté, il dit en lui-même :

« Que j'étais insensé de maudire ce mauvais temps, au lieu de l'accepter patiemment comme un bienfait de Dieu ! Si le ciel avait été serein et que l'air eût été sec et beau, je serais, à l'heure qu'il est, baigné dans mon sang, mort peut-être, et mes enfants attendraient en vain mon retour. La pluie, contre laquelle j'ai murmuré, m'a sauvé à la fois la vie et la bourse. Désormais je n'oublierai plus ce que dit le proverbe :

> Ne blâmons pas ce que Dieu fait :
> Sa profonde sagesse éclate en toute chose,
> D'un contre-temps parfois nous jugeons mal la cause,
> Et nous en bénissons l'effet. »

VI

L'ORAGE

Un jeune garçon de la ville, nommé François, était allé cueillir des fraises dans la forêt. Au moment où il venait de reprendre le chemin de sa maison, un vent impétueux se leva, et une grosse pluie commença à tomber, accompagnée d'éclairs et de tonnerre. François eut grand'peur ; il se cacha dans le creux d'un chêne qui se trouvait près du chemin ; car il ne savait pas que la foudre tombe souvent sur les grands arbres.

Tout à coup il entendit une voix qui criait :

« François ! François ! viens vite par ici ! »

Il sortit du creux du chêne. Presque au même instant la foudre frappa l'arbre, tandis que le tonnerre grondait avec un bruit effroyable. La terre tremblait sous les pieds de l'enfant épouvanté, qui se vit un instant tout enveloppé de flammes. Cependant, il ne lui était arrivé aucun mal, et il s'écria avec ferveur en joignant les mains :

La pluie.

« Cette voix était un avertissement du ciel. C'est vous, c'est vous, Seigneur, qui m'avez sauvé. Je vous en rends grâces du fond de mon cœur. »

Mais la même voix appela de nouveau :

« François! François! tu ne m'entends donc pas?

Alors seulement il aperçut une paysanne sur le chemin. Aussitôt il courut à elle et lui dit :

« Me voici. Que voulez-vous de moi, bonne femme? »

La villageoise lui répondit :

« Ce n'est pas vous que j'ai appelé, mais mon petit François qui était là-bas occupé à garder les oies au bord du ruisseau et qui doit s'être caché dans quelque endroit pour s'abriter contre l'orage. Mais tenez, le voilà précisément qui sort du taillis! »

Alors le petit citadin raconta comment il avait pris pour une voix venue du ciel la voix de cette femme. La paysanne joignit dévotement les mains, et lui dit :

« O mon enfant, n'en rendez pas moins grâce au bon Dieu. A la vérité, cette voix était simplement celle d'une humble villageoise; mais c'est par la volonté de Dieu que j'ai crié si fort et que, sans vous connaître, je vous ai appelé par votre nom. Il vous a sauvé de cette façon d'un bien grand danger.

— Oh! oui, répondit François, les yeux baignés de larmes, Dieu s'est servi de vous pour me tirer d'un grand péril. C'est votre voix qui m'a appelé par mon nom; mais c'est Dieu qui a été mon aide pour me sauver.

Ce n'est pas le hasard qui vint à mon secours;
C'est la bonté de Dieu qui veilla sur mes jours. »

11

VII

L'ARC-EN-CIEL

A la suite d'un de ces gros orages qui éclatent souvent au printemps et qui sont si nécessaires pour fertiliser les campagnes, un superbe arc-en-ciel arrondit sa vaste courbe dans les airs. Le petit Henri, qui regardait précisément par la fenêtre, l'aperçut et s'écria tout transporté de joie :

« Jamais de la vie je n'ai vu d'aussi magnifiques nuances. Là-bas, près du vieux saule qui est au bord du ruisseau, elles descendent du haut des nuages jusque sur la terre. Sans doute, ces belles couleurs tombent par petites gouttes sur toutes les feuilles de l'arbre. Je vais y courir tout de suite et en remplir les coquilles de ma boîte à couleurs. »

Alors il se dirigea à toutes jambes vers le saule. Mais, arrivé près de l'arbre, il s'arrêta tout ébahi au milieu de la pluie, et ne put revenir de son étonnement en ne remarquant pas la moindre trace de ces couleurs qu'il aurait tant aimé à recueillir. Tout affligé et mouillé jusqu'aux os, il rentra à la maison, où il se plaignit de sa mésaventure à son père.

Celui-ci lui dit en souriant :

« Ces couleurs ne sont pas de celles qu'on peut recueillir dans des coquilles. Ce sont simplement des gouttelettes de pluie qui, pendant quelques instants, empruntent un éclat fugitif à la lumière du soleil.

Ces teintes si admirables ne sont que des apparences. Mon fils, il en est de même de toutes les pompes de ce monde : de loin, elles nous paraissent quelque chose; de près, elles ne sont qu'un vain éclat. »

Ne vous laissez jamais tromper par l'apparence,
Par une vaine illusion,
Si vous ne voulez pas vous créer de souffrance
Ni d'amère déception.

VIII

LE PLAT DE L'ARC-EN-CIEL

Après une douce et tiède pluie de printemps, la petite Lina s'était approchée de la fenêtre ouverte, et elle regardait avec ravissement les couleurs charmantes d'un arc-en-ciel.

« Chère maman, dit-elle après un moment de silence, on dit que, lorsqu'un arc-en-ciel apparaît dans l'air, un petit plat d'or en tombe sur la terre, mais qu'un enfant né le dimanche peut seul le trouver. Y a-t-il, en réalité, de semblables joyaux? Et à quels enfants sont-ils destinés? »

Sa mère lui répondit :

« Sans doute, il existe dans le ciel un joyau, auprès duquel tout l'or de la terre n'est rien. Mais il n'est pas nécessaire, pour les enfants qui désirent l'obtenir, d'être nés un dimanche. Le point essentiel, est qu'ils ne ressemblent pas au commun des hommes, mais qu'ils soient toujours et en tout lieu aussi pieux et aussi modestes qu'ils le sont à l'église le dimanche. Observe toujours la même règle de conduite, et tu peux être sûre d'abtenir un jour ce joyau précieux. »

Lina s'appliqua de tout son cœur à être pieuse et sage; à mesure qu'elle gagnait en sagesse et en piété, elle devenait aussi plus gaie et plus aimable.

Un jour un nouvel arc-en-ciel étant apparu, sa mère lui demanda :

« Eh bien, Lina, ne cours-tu pas chercher le joyau dont nous parlâmes dernièrement?

— Chère maman, répondit-elle, j'étais alors une enfant insensée et je n'avais pas saisi le sens de vos paroles. Mais aujourd'hui je comprends très-bien ce que vous avez voulu dire. Vous faisiez allusion à un trésor plus noble et plus précieux que l'or et qui nous vient aussi du ciel.

— C'est vrai, ma chère Lina, répliqua la mère. Ce don céleste dont je voulais parler, et qui vaut bien mieux que tous les trésors de la terre, c'est la véritable félicité intérieure. Nous la cherchons vainement, en dehors de nous, dans le monde qui nous environne; nous ne la trouvons que dans nous-mêmes, dans un cœur pieux, bon et pur.

Un cœur pieux et pur, que le Seigneur éclaire
    Est un cher et divin trésor.
Il nous fait goûter sur la terre,
    Le bonheur, qui vaut mieux que l'or. »

IX

L'ÉCHO

Le petit Georges ignorait encore ce que c'est qu'un écho. Un jour, comme il se trouvait dans la prairie, il se mit à crier :

« Ho ! hop ! »

Au même instant il entendit les mêmes mots se répéter dans le bosquet voisin.

Croyant que quelqu'un s'y était caché, il demanda d'un air étonné :

« Qui es-tu ? »

La voix mystérieuse répéta aussitôt :

« Qui es-tu ? »

Georges reprit alors :

« Tu es un sot ! »

Et les mêmes mots lui furent immédiatement renvoyés par la même voix.

Pour le coup Georges se mit en colère, et il adressa des apostrophes de plus en plus injurieuses à l'inconnu qu'il soupçonnait dans le voisinage. L'écho les lui rendit toutes avec la même fidélité. Là-dessus Georges entra dans le bosquet pour chercher l'insolent qu'il y croyait caché et pour se venger de lui. Mais il n'y trouva personne.

Aussitôt il courut à la maison et alla se plaindre à sa mère de ce qui lui était arrivé, disant qu'un mé-

chant polisson s'était caché dans le bosquet et lui
avait adressé des injures.

Sa mère lui répondit :

« Cette fois tu as tort ; car tu n'as rien entendu
que l'écho de tes propres paroles. Si tu avais crié au
bosquet une parole affectueuse, il t'aurait répondu
par une parole affectueuse aussi. Il en est de même
dans la vie ordinaire. La conduite des autres à notre
égard est le plus souvent l'écho de la nôtre envers
eux. Si nous agissons honnêtement avec eux, ils agissent honnêtement avec nous. Mais si nous sommes
désobligeants, durs et grossiers envers nos semblables, nous ne sommes pas en droit de rien attendre de
mieux de leur part. »

> Selon qu'à la forêt votre voix parlera,
> Toujours du même ton la forêt répondra.

X

LA SOURCE

Par une chaude journée d'été, le petit Guillaume
se promenait dans les champs. Ses joues étaient brûlantes, et il mourait de soif. Tout à coup il arriva
près d'une source qui brillait comme de l'argent et
qui jaillissait d'un rocher sous le vert ombrage d'un
chêne.

Guillaume avait souvent entendu dire qu'il est fort
dangereux de boire de l'eau froide quand on a chaud.

Mais, sans réfléchir au danger qu'il allait courir, il se rafraîchit avidement à la source glacée. Peu d'instants après, il tomba sans connaissance. Revenu à lui, il se releva et regagna lentement la maison; il y rentra tout malade et fut saisi d'une fièvre qui le mit en grand péril.

« Ah! disait-il en soupirant sur son lit de douleur, qui eût dit, à voir cette onde si pure, qu'elle contient un poison si pernicieux? »

Son père, qui l'avait entendu, lui répondit :

« Ce ne sont pas les eaux salubres de cette source qui sont cause de ta maladie ; mais tu la dois à ta propre imprudence et à l'avidité que tu as mise à en boire.

> Dieu créa tout pour notre usage,
> Il créa tout pour notre bien.
> User des dons de Dieu c'est être sage;
> Mais n'abusons jamais de rien. »

XI

LES QUATRE ÉLEMENTS

Philippe venait d'atteindre sa quatorzième annee. Or, le moment étant venu de faire choix d'un état, il se disait :

« Je veux devenir jardinier. Rien n'est plus agréable que de vivre toujours au milieu de la verdure et du parfum des fleurs. »

Il fut donc mis en apprentissage chez un horticulteur. Quelque temps après, il revint à la maison et se plaignit de devoir toujours rester courbé vers la *terre* et parfois même y ramper; il souffrait au dos et aux genoux; en un mot, il ne voulait plus du métier de jardinier.

Philippe témoigna le désir de devenir chasseur.

« Quelle vie agréable, disait-il, on doit mener dans l'ombre des forêts vertes! »

Mais il ne tarda pas à rentrer chez ses parents, se plaignant de ne pouvoir supporter l'*air* du matin, qui, tantôt humide et nébuleux, tantôt âpre et glacial, lui fouettait le visage.

L'idée lui vint alors d'embrasser l'état de pêcheur.

« Voguer dans une légère nacelle sur la rivière claire et limpide, disait-il, et, sans se fatiguer les jambes, ne prendre d'autre peine que de retirer de l'eau des filets pleins de poissons, voilà qui doit être amusant! »

Bientôt il se lassa aussi de ce plaisir.

« C'est un métier malsain, disait-il; l'*eau* me répugne tout à fait. »

Enfin, il voulut devenir cuisinier.

« Le cuisinier, disait-il, voilà un homme! Le jardinier, le chasseur et le pêcheur sont obligés de lui livrer les produits de leur travail, et les bons morceaux ne lui manquent jamais. »

A peine eut-il goûté de cette profession, qu'il revint encore se plaindre à la maison.

« Tout serait bien, disait-il, si ce n'était le *feu*. Devant ces fourneaux ardents, il y a de quoi se rôtir ou fondre de chaleur. »

Le père ne voulut pas que Philippe choisît pour la cinquième fois un autre métier.

« On ne peut être heureux, lui dit-il d'un ton sévère, qu'en apprenant à supporter avec courage les difficultés de son état. Prétendre se soustraire à tous les désagréments que *les quatre éléments*, la terre, l'air, l'eau et le feu, offrent parfois, c'est vouloir cesser d'être homme et de vivre. La profession que tu as commencé à apprendre, après l'avoir librement choisie, offre d'assez grands avantages; il te suffira de les reconnaître et de les apprécier, pour que les petits ennuis qui s'y rattachent te paraissent faciles à supporter. »

Philippe suivit le conseil de son père, et plus tard, quand il entendait d'autres gens se plaindre des déboires que présente leur état, il leur rendait le courage en disant :

« Mes amis, j'en ai fait l'expérience moi-même. Je sais ce que c'est. D'ailleurs écoutez cette maxime :

> Jouis du bien que le bon Dieu t'envoie,
> Sans envier le sort de ton prochain.
> Dans chaque état il est plus d'une joie;
> Dans chaque état il est plus d'un chagrin. »

XII

LE PAIN

Dans un temps de disette, un homme riche et charitable fit venir dans sa maison une vingtaine d'en-

fants qui appartenaient aux familles les plus pauvres
de la ville.

« Tenez, leur dit-il, dans ce panier il y a autant
de pains que vous êtes d'enfants ici ; chacun de vous
peut en prendre un. Tous les jours, à la même heure,
il vous en sera donné un autre, jusqu'à ce que le bon
Dieu nous envoie de meilleurs temps. »

Aussitôt les enfants se jetèrent avec avidité sur le
panier et se disputèrent les pains, chacun cherchant
à s'emparer du plus beau et du plus gros. Puis ils
s'en allèrent sans même remercier leur bienfaiteur.

Un seul enfant, la petite Françoise, dont les vêtements, quoique misérables, étaient cependant d'une
grande propreté, s'était tenue discrètement à quelque
distance. Elle prit le dernier pain qui fût resté dans
le panier ; c'était naturellement le plus petit. Ensuite
elle baisa avec reconnaissance la main de l'homme
charitable et regagna sa maison d'un pas tranquille
et avec un air modeste.

Le lendemain les enfants se comportèrent avec la
même grossièreté, et cette fois la pauvre Françoise
obtint un pain qui était de moitié moins grand que
les autres. Mais lorsqu'elle fut de retour chez elle et
que sa mère malade eut entamé le petit pain, il en
tomba une quantité de pièces d'argent toutes neuves.

La pauvre femme en fut toute surprise, et dit à sa
fille :

« Va sur-le-champ restituer cet argent, car c'est
sans doute par mégarde qu'on l'a mêlé à la pâte. »

Françoise courut aussitôt reporter les pièces d'argent. Mais l'homme bienfaisant lui dit :

« Non, non, ce n'est pas par mégarde qu'elles ont
été mêlées à la pâte. C'est moi-même qui ai fait met-

tre cet argent dans le plus petit pain, et je l'ai fait, mon aimable enfant, pour vous récompenser. Restez toujours ce que vous êtes, douce, modeste et facile à satisfaire. Celui qui aime mieux se contenter de la plus petite part que de se quereller pour avoir la plus grosse, peut être sûr qu'il lui arrivera plus de bonheur que si son pain était rempli d'argent. »

> Qui sait se contenter du sort que Dieu lui fait,
>   Et des biens que Dieu lui dispense,
>   En lui-même a sa récompense ;
> Il a l'esprit tranquille et le cœur satisfait.

XIII

L'EAU ET LE PAIN

Dans un temps de grande disette, un jeune garçon très-pauvre, qui se nommait Paul, descendit de la montagne et gagna un village voisin pour demander l'aumône à la porte des riches fermiers. Pierre, fils d'un gros métayer, était assis à la porte de sa maison, tenant à la main un énorme morceau de pain.

« Donne-m'en une simple bouchée, dit le pauvre Paul, car j'ai grand'faim. »

Mais Pierre lui répondit avec dureté :

« Passe ton chemin, je n'ai rien à te donner. »

Environ une année après, Pierre gravit la montagne pour y chercher une chèvre qui s'était égarée. Il erra longtemps parmi les rochers. Le soleil semblait

darder des rayons de feu, et l'enfant était dévoré de
soif. Cependant il n'y avait pas la moindre source où
il pût se désaltérer.

Enfin il aperçut le pauvre Paul qui, assis à l'ombre d'un arbre, gardait un troupeau de moutons et
avait à côté de lui une cruche pleine d'eau.

« Donne-moi une gorgée d'eau, lui dit Pierre, car
j'ai grand'soif. »

Mais le petit berger lui répondit :

« Passe ton chemin, je n'ai rien à te donner. »

Alors Pierre se rappela qu'il avait un jour impitoyablement refusé une bouchée de pain au pauvre
Paul. Aussitôt les larmes lui vinrent aux yeux, et il
supplia le petit berger de lui pardonner. Celui-ci se
laissa attendrir par cette prière ; il pardonna à Pierre,
lui tendit sa cruche et lui permit d'étancher sa soif.

Quand Pierre se fut désaltéré, il lui dit :

« Que Dieu te récompense ici-bas et dans le ciel de
m'avoir donné cette gorgée d'eau. »

Qui donne volontiers et volontiers pardonne,
Du bon et vrai chrétien mérite la couronne.

XIV

LE LAIT

Ferdinand, qui appartenait à une riche famille de
la ville, était allé se promener à la campagne par une
belle journée de printemps. Il entra dans une métai-

Le lait

rie, et se fit servir une écuelle de lait. Après en avoir payé le prix, il alla s'asseoir sur l'herbe à l'ombre d'un arbre, émietta dans son lait un morceau de pain et se mit à le manger avec délices.

Frédéric, pauvre enfant du village voisin, se trouvait près de là. Amaigri, pâle de misère et de faim, il regardait tristement Ferdinand qui mangeait de si bon cœur. Il eût volontiers pris part à ce modeste repas; mais il était trop timide pour oser le demander.

Le riche Ferdinand eut bien un moment l'idée de laisser quelque chose pour le pauvre Frédéric; mais cette bonne inspiration de son cœur, il la réprima presque aussitôt, et il continua à manger avidement sa soupe au lait. Quand il eut vidé l'écuelle qui était de faïence peinte, il aperçut quelques vers tracés sur le fond. Après les avoir lus, il rougit jusqu'au blanc des yeux. Aussitôt il fit remplir une seconde fois l'écuelle et demanda en outre un gros morceau de pain. Puis il pria affectueusement Frédéric de s'approcher, émietta lui-même le pain dans le lait et engagea le pauvre enfant à satisfaire son appétit.

« La sentence tracée au fond de l'écuelle, disait Ferdinand, on devrait l'écrire au fond de toutes les assiettes des gens qui sont riches. »

En effet, elle était conçue en ces termes :

« Je ne veux pas qu'on me présente
« A qui mange à son appétit,
« S'il ne songe et ne compatit
« Au pauvre que la faim tourmente. »

XV

LA SOUPE

« Notre soupe est vraiment par trop maigre et trop fade aujourd'hui ; il m'est impossible de la manger. »

Ainsi parlait la petite Gertrude. Elle ne voulut pas continuer à dîner, et elle posa sa cuillère sur la table.

« Fais comme tu veux, lui répondit sa mère. Je préparerai pour ce soir une soupe qui sera bien meilleure. »

Sur ces mots, elle entra au potager pour tirer des pommes de terre, et chargea Gertrude de choisir les plus grosses et de les mettre dans des sacs avant le coucher du soleil.

Après que toutes deux eurent fini leur besogne, la mère servit la soupe. La petite fille en goûta, et s'écria :

« Ah ! voilà une soupe bien meilleure que celle que nous avons eue à dîner. »

Et elle en mangea une assiette toute pleine.

Quand Gertrude eut fini de manger, sa mère se prit à sourire et lui dit :

« C'est pourtant exactement la même soupe que tu trouvais si mauvaise à midi. Maintenant elle te semble excellente, parce que tu as bien travaillé toute cette après-dînée. »

Amis, le fainéant se dégoûte de tout.
 Mais qui travaille avec courage
 Jamais n'éprouve de dégoût.
Le travail, c'est la graisse et le sel du potage.

XVI

L'OIE DE LA SAINT-MARTIN

« C'est aujourd'hui le jour de ma fête, dit le petit Martin à ses frères et à ses sœurs. Ce soir nous mangerons une oie rôtie. »

A la tombée de la nuit, on alluma les lumières, et les enfants tout joyeux s'empressèrent de prendre place autour de la table dressée pour le souper, attendant avec une vive impatience le régal qui leur avait été promis.

Enfin, la servante entra; et, après avoir regardé l'oie qui rôtissait à la broche devant le feu :

« Il faut encore une petite demi-heure, dit-elle, avant qu'elle soit bonne à manger. »

A ces mots, l'impatience gagna les jeunes convives qui se prirent à pleurer. Mais la servante, pour les apaiser, eut recours à une ruse et leur dit :

« Tenez-vous bien tranquilles, car c'est aujourd'hui que le terrible Croquemitaine parcourt les rues pour chercher les enfants qui ne sont pas sages et les emporter dans son sac. Si vous ne vous taisez pas, je vais lui donner l'oie. »

Sans s'inquiéter de ce qu'elle disait, les enfants

12

demandèrent avec plus d'insistance encore qu'on servît enfin l'excellent souper qu'ils attendaient. Alors la servante ouvrit la fenêtre, prit la broche où tenait la volaille et la passa dans la rue en disant :

« Tiens, Croquemitaine, voilà l'oie.

— Grand merci, » répondit au même instant une voix rauque qui venait de la rue.

C'était un voleur qui passait précisément devant la fenêtre, et qui, s'emparant de la broche et du rôt, s'enfuit à toutes jambes.

Petits garçons et petites filles se mirent aussitôt à pousser des cris lamentables. A ces cris, leur mère accourut dans la chambre. Quand elle eut appris ce qui s'était passé, elle dit :

« Vous, mes enfants, vous voilà bien justement punis de votre impatience. Aussi vous vous contenterez aujourd'hui d'un potage, au lieu du rôti qu'on vous préparait. »

Puis, s'adressant à la servante :

« Quant à toi, lui dit-elle, je t'ai déjà souvent défendu de conter aux enfants cette histoire saugrenue de Croquemitaine. Pour te punir de la sotte ruse que tu as employée, je retiendrai sur tes gages le prix de l'oie et de la broche. »

> Soyez raisonnables et doux.
> C'est ainsi que toujours dans le monde on avance.
> Car la ruse et la violence
> Seront toujours les plus mauvais moyens de tous.

XVII

LES ÉPICES

Un prince, qui se promenait à la campagne, fut surpris par une grosse averse, et courut s'abriter dans la chaumière la plus voisine.

Les enfants étaient assis autour de la table, sur laquelle se trouvait une grande écuelle de bouillie, faite de gruau d'avoine. Tous mangeaient de fort bon appétit, et la santé brillait sur leurs joues, fraîches comme des roses.

« Comment est-il possible, demanda le prince à la mère, que l'on mange avec un appétit si visible d'un mets aussi grossier, et qu'avec cela on ait l'air si frais et si brillant de santé ? »

La mère répondit :

« Cela dépend de trois sortes d'épices dont je me sers pour assaisonner cette nourriture. D'abord, il faut que mes enfants gagnent leur dîner par le travail. Ensuite, je ne leur donne rien à manger en dehors des repas, afin qu'ils aient faim en se mettant à table. En troisième lieu, je les habitue à se contenter de ce que je leur sers, et je me garde de leur faire connaître ce qu'on appelle friandises. »

> Pour bien dîner, il faut de trois épices fines
> Faire à tout ce qu'on mange un assaisonnement.
>   Et ces trois épices divines
> Sont la faim, le travail et le contentement.

XVIII

LE POT DE MIEL

Un jour, la mère de la petite Marguerite était fort occupée dans sa cuisine, et elle dit :

Mon enfant, va vite me chercher un citron. Voilà la clef du garde-manger. »

Quand la petite fille se trouva dans le garde-man-ger, elle le parcourut des yeux avec une grande curiosité pour voir s'il n'y avait pas quelque friandise dont elle pût se régaler secrètement. Elle aperçut bientôt sur une planche un vase où elle savait qu'il se trouvait du miel. Alors, elle se hissa sur la pointe des pieds aussi haut qu'elle put, pour atteindre le pot et y plonger le bout du doigt.

Mais à peine eut-elle introduit le doigt dans le vase qu'elle se sentit pincer d'une manière horrible. Elle poussa un cri de douleur, retira vivement la main et vit attachée à son doigt une grosse écrevisse qui l'avait saisie avec ses pinces et qui ne voulait pas lâcher prise.

En effet, la mère avait vendu le miel quelques jours auparavant, et, comme le pot se trouvait vide, elle y avait déposé une quantité d'écrevisses, circonstance qu'elle seule connaissait.

Au cri de sa fille, la mère accourut tout effrayée au garde-manger, dégagea des pinces de l'écrevisse le doigt meurtri de l'enfant, et dit :

Le pot de miel.

« Que cette légère punition te soit un avertissement utile. La friandise pourrait avoir pour toi des
suites bien plus funestes encore. Il n'y a que trop de
gens qui, après s'être habitués à ce défaut pendant
qu'ils étaient jeunes, ont dépensé leur argent, détruit
leur santé et, ce qui est bien pis encore, perdu leur
âme. »

La friandise est un défaut
Funeste et digne qu'on le blâme.
On y perd son argent et sa santé bientôt;
Souvent même on y perd son âme.

XIX

LES REMÈDES DOMESTIQUES

Les parents de Henri étaient fort riches. Ils lui
donnaient tout ce qu'il désirait, et le gâtaient de
toutes les manières. Mais ils vinrent à mourir de
bonne heure, et le jeune orphelin alla demeurer à la
campagne chez son oncle maternel.

Dans le principe il ne put se faire à la vie cham-
petre. Lorsqu'il était encore dans la maison paternelle, il passait la plus grande partie de son temps
à ne rien faire ; ici, il fallait travailler assidûment.
Auparavant on lui servait toute sorte de mets recher-
chés ; maintenant, il lui fallait se contenter d'une
nourriture très-simple. Dans la ville, les plaisirs de
la société se prolongeaient souvent jusque fort avant
dans la nuit ; à la campagne, on allait se coucher à

une heure convenable, après avoir terminé les travaux de la journée.

Bien que Henri eût beaucoup de peine à s'habituer
à ce nouveau genre de vie, il ne tarda pas à en comprendre les excellents résultats. En effet, naguère il
était presque constamment malade, il avait le teint
pâle, et il était souvent forcé de prendre des médi-
caments ; tandis que maintenant il jouissait d'une
excellente santé, et devenait vigoureux comme un arbre
et frais comme une rose, sans qu'il eût jamais
besoin de médecin. Aussi disait-il souvent :

« Mon oncle avait pourtant raison de me répéter
sans cesse :

> Pour te garder l'esprit et le corps sains,
> Ne cherche pas bien loin dans la science.
> Contentement, travail et tempérance
> Sont les trois meilleurs médecins. »

XX

LA PIÈCE D'OR

1

Agnès avait atteint le cinquième anniversaire de sa
naissance. Son père lui avait fait faire pour ce jour-
là une jolie robe neuve et sa mère avait préparé un
dîner de famille. Le parrain d'Agnès y fut invité, et
il donna à sa filleule une pièce d'or étrangère.

Pendant que les parents, après le repas, s'entre-
tenaient de toute sorte de choses avec le parrain,

Agnès était sortie de la maison. En ce même moment, une marchande de fruits passait dans la rue avec un grand panier tout rempli de pommes et de poires.

« Voyez donc, dit l'enfant, j'ai là une belle pièce d'or.

— Oh! regarde, ma petite, la pomme que j'ai là est bien plus belle encore. Cependant, je veux bien te la donner pour ta pièce, parce que tu es si gentille et que je t'aime tant. »

L'enfant s'empressa de donner la pièce d'or à la marchande et saisit des deux mains la pomme. Aussitôt la femme se hâta de partir, et Agnès rentra dans la chambre en sautant de joie :

« Voyez donc, dit-elle, quelle belle pomme rouge j'ai achetée pour mon sou d'or! »

La mère jeta les hauts cris, et le père se mit à gronder l'enfant. Mais le parrain dit :

« Mes bons amis, nous ne pouvons pas accuser la chère petite Agnès d'avoir agi d'une manière si peu sensée. Elle ne connaît pas la valeur de la pièce que je lui avais donnée, et une pomme devait naturellement avoir plus de valeur à ses yeux. Mais combien de personnes d'un âge mûr n'y a-t-il pas qui agissent d'une manière plus insensée encore? Nous savons que les biens de la terre sont vains et périssables, tandis que la piété et la vertu ont seules une valeur inaltérable et éternelle. Et pourtant il se trouve des hommes qui sacrifient parfois à des choses terrestres et futiles, ces biens éternels, les seuls vrais qu'il y ait. »

Combien de malheureux nous voyons ici-bas,
Dans leur ignorance profonde,

Pour les biens passagers et frivoles du monde
Échanger ceux du ciel qui ne finiront pas!

2

Le parrain, qui était un négociant aisé, retourna
chez lui. Le soir, la femme aux fruits se présenta,
avec son panier vide, au magasin du négociant. Elle
acheta du café et du sucre, mit sur le comptoir la
pièce d'or dont elle s'était si frauduleusement em-
parée et demanda qu'on la lui changeât.

« Oh! oh! dit le marchand, comment cette pièce
d'or est-elle entre vos mains? Il n'en circule plus
guère de semblables dans le pays. Pour moi, je la
connais parfaitement bien, et par conséquent, je vous
connais aussi. Attendez un moment, je vous apprendrai à vendre des pommes à des enfants pour des
pièces d'or. »

Il ne laissa pas sortir la femme du magasin, et envoya un de ses garçons chercher le commissaire de
police. Presque au même instant deux agents arrivèrent qui arrêtèrent la voleuse. Elle fut condamnée,
quelques jours après, à être exposée, et on plaça au-
dessus de sa tête un écriteau sur lequel on lisait ces
mots :

> « Celui qui trompe son prochain
> « En vain sur l'impunité compte.
> « Si ce n'est aujourd'hui, demain
> « Il encourt la peine et la honte. »

XXI

LA PIÈCE DE CINQ FRANCS

Un villageois, nommé Fridolin et très-connu pour sa piété, disait souvent :

« Celui qui aime Dieu de tout son cœur, n'a guère de peine à faire le bien et à éviter le mal. »

Il avait un valet de labour qui était d'un caractère très-emporté et qui dans sa colère proférait les blasphèmes les plus affreux. Fridolin l'exhortait souvent à s'efforcer, pour l'amour de Dieu, de se corriger et de vaincre ses emportements. Mais le valet lui répondait toujours :

« Cela m'est impossible. Les bêtes et les gens me contrarient bien trop. »

Un matin, Fridolin lui dit :

« Tiens, Mathieu, tu vois cette belle pièce de cinq francs toute neuve. Eh bien, je te la donnerai ce soir si tu restes patient toute la journée et qu'on n'entende aucun blasphème, aucune expression de colère sortir de ta bouche. »

Cette proposition plut au valet qui l'accepta avec joie.

Mais les autres domestiques de la ferme se concertèrent entre eux pour lui faire perdre l'écu. Aussi tout ce qu'ils purent dire ou faire ce jour-là n'avait qu'un seul but, c'était d'exciter sa colère. Cependant Mathieu eut le courage de se contenir au point que pas un seul mot de violence ne lui échappa

Le soir venu, Fridolin lui remit la pièce de cinq francs, mais il lui dit :

« Tu devrais avoir honte d'avoir si bien su vaincre ton emportement pour une misérable pièce d'argent, tandis que tu trouves impossible de le faire par amour de Dieu. »

Touché de ce reproche, Mathieu se corrigea de sa colère, et il ne tarda pas à devenir un modèle de patience.

> Si dans l'amour de Dieu tu cherches ton appui,
> Si ton cœur s'en pénètre,
> Tu trouveras léger et facile aujourd'hui
> Ce qu'hier tu trouvais impossible peut-être.

XXII

L'ARGENT BIEN EMPLOYÉ

Un menuisier probe et laborieux, qui gagnait beaucoup d'argent, se contentait d'une nourriture frugale. Il s'habillait lui et les siens de la façon la plus modeste, et il évitait avec soin toute dépense superflue.

Un jour son voisin le tourneur lui demanda :

« Dites donc, maître menuisier, que faites-vous de tout l'argent que vous thésaurisez?

— Ce que j'en fais? dit le menuisier. J'en emploie nne partie à payer mes dettes, et l'autre, je la mets à intérêt.

— Bah! vous plaisantez, répliqua le tourneur. Vous

n'avez aucune dette à payer, ni aucun capital placé à rente.

— Pourtant la chose est comme je vous l'ai dite, reprit le menuisier ; mais laissez-moi vous l'expliquer. Voyez, tout l'argent que mon bon père et ma bonne mère ont dépensé pour moi depuis le jour de ma naissance, je le regarde comme une dette sacrée que je dois leur restituer. Quant à l'argent que je dépense pour bien élever mes enfants et pour leur faire apprendre un état honorable, je le considère comme un capital qu'ils me rembourseront avec intérêts lorsque je serai devenu vieux. De même que mes parents n'ont rien épargné pour bien m'élever, je n'épargne rien pour procurer à mes enfants une bonne éducation ; et, si je regarde comme un devoir filial de rendre à mes parents les bienfaits que j'ai reçus d'eux, j'espère que mes enfants à leur tour s'acquitteront de leur dette envers moi aussi ponctuellement que s'ils s'y étaient engagés par un contrat solennel.

> Le bien que nos parents nous font dans notre enfance,
> Forme un grand capital dont nous devons, un jour,
> Leur payer l'intérêt double, par notre amour
> Et par notre reconnaissance. »

XXIII

LES RICHESSES MAL EMPLOYÉES

Joachim ne possédait qu'une petite métairie ; mais il y vivait heureux avec les siens dans le travail, dans la piété et l'économie. Non-seulement il ne manquait de rien, mais il pouvait encore chaque année mettre une petite somme en réserve pour ses enfants.

Un jour, comme il nettoyait le puits qui se trouvait dans sa cour, il y découvrit un grand vase de cuivre profondément enfoui sous le limon, et rempli de pièces d'or et d'argent. Cette trouvaille éblouit Joachim, qui crut avoir tiré du puits le véritable bonheur avec ce trésor.

Aussi, dès ce moment il abandonna à ses domestiques les travaux des champs; il prit des vêtements plus riches que son état ne le comportait; il se fit servir des mets délicats et chers; il commença à boire et à jouer; il ne songea plus à Dieu ni à l'éternité; en un mot, il fit si bien qu'en peu de temps, au lieu d'être riche, il se trouva chargé de dettes.

Le mauvais emploi de ses richesses l'avait réduit à la mendicité. Sa petite métairie fut saisie et vendue aux enchères. Sa santé était altérée par la vie déréglée qu'il avait menée, et jusqu'à la dernière étincelle de pitié s'était éteinte dans son cœur. Pour comble de malheur, il se dirigea vers le puits d'où il avait tiré le riche trésor, et il s'y jeta de désespoir.

> Être riche paraît aux yeux de bien des hommes
> Le sort le plus heureux.
> Et pourtant combien l'or à tous tant que nous sommes
> Peut faire un sort affreux!

XXIV

LA BOURSE

1

Norbert, fils d'un pauvre charbonnier, était un jour assis sous un arbre de la forêt. Il pleurait, se lamentait et priait avec ardeur. Un seigneur, vêtu d'un habit vert et portant sur la poitrine une étoile d'or, se trouvait précisément à la chasse en ce moment. Il entendit les plaintes du petit garçon, s'approcha et lui demanda :

« Mon enfant, pourquoi pleures-tu donc ainsi?

— Hélas! répondit Norbert, ma mère a été longtemps malade. Mon père m'a envoyé à la ville pour payer l'apothicaire, et voilà que j'ai perdu l'argent avec la bourse qui le contenait. »

Le seigneur parla un moment à voix basse au chasseur qui l'accompagnait. Puis il tira de sa poche une bourse de soie rouge, dans laquelle se trouvaient plusieurs pièces d'or toutes neuves, et dit à l'enfant :

« N'est-ce pas cette bourse-ci que tu as perdue?

— Oh! non, répondit Norbert, la mienne était bien moins jolie que celle-là, et elle ne contenait pas d'aussi belle monnaie.

— C'est donc celle-ci? dit à son tour le chasseur en tirant de sa poche une petite bourse de peu d'apparence.

— Ah! oui, c'est celle-là! » s'écria Norbert tout joyeux.

Aussitôt le chasseur la lui remit, et le seigneur ajouta :

« Mon enfant, puisque tu as prié de si bon cœur et montré tant de probité, je te donne la bourse que voici avec l'or qu'elle contient. »

> Dieu, dans tous les malheurs, nous tend sa main propice,
> Quand on le prie avec ferveur,
> Et le plus beau trésor du cœur
> C'est bien l'amour de la justice.

2

Un autre garçon, qui s'appelait Étienne et qui était d'un village voisin, entendit raconter cette histoire. Aussitôt qu'il eut appris que le seigneur était de nouveau à la chasse dans la forêt, Étienne s'y rendit et s'assit au pied d'un sapin, se lamentant et criant :

« Oh! ma bourse! Oh! ma bourse! J'ai perdu ma bourse! »

Le seigneur accourut à ces cris.

« Est-ce celle-ci que tu as perdue? demanda-t-il au petit garçon.

— Oui, répondit Étienne, c'est celle-là. »

Et il tendit la main pour la saisir.

Mais le chasseur, qui se tenait près du seigneur, lui dit d'un ton sévère :

« Menteur effronté! tu as l'audace de vouloir tromper monseigneur? Attends, je vais te payer en autre monnaie. »

La bourse.

En disant ces mots, il arracha une branche d'un coudrier voisin et infligea à l'imposteur le châtiment qu'il méritait.

> L'imposture, et la tromperie,
> Et l'improbité, fuyons-les.
> Le trompeur, en dépit de sa supercherie,
> Est toujours attrapé dans ses propres filets.

XXV

LA BAGUE DE DIAMANT

Un négociant, nommé William, s'était embarqué pour une partie du monde bien éloignée de celle que nous habitons, et à force de travail et d'intelligence, il y avait amassé une fortune considérable. Après plusieurs années d'absence, il revint dans sa patrie.

Rentré dans son lieu natal, il apprit que ses proches parents se trouvaient précisément tous réunis dans une maison de campagne peu éloignée de la ville et qu'ils devaient y souper ensemble. Il s'empressa d'y aller; dans la joie de son cœur, il ne prit pas même le temps de faire toilette et de remplacer par un habit plus convenable le frac gris qu'il avait porté pendant sa longue traversée et qui s'était singulièrement détérioré.

Lorsqu'il se présenta dans le salon tout étincelant de lumières, ses cousins et ses cousines semblèrent n'éprouver aucune joie à le revoir; car ils s'imaginaient, d'après le frac râpé dont il était vêtu, que le voyageur revenait aussi pauvre qu'on l'avait connu avant son départ.

Un jeune nègre, qu'il avait amené avec lui, fut tellement irrité contre les parents de son maître, qu'il lui dit :

« Ce sont là de bien mauvaises gens, qui n'ont pas même une parole affectueuse pour un ami dont ils ont été séparés pendant si longtemps.

— Attends un moment, lui répondit le marchand à voix basse. Tout à l'heure ils feront une tout autre mine. »

En disant ces mots, il tira de sa poche une bague de diamant et la mit à son doigt. Au même instant, toutes les figures s'épanouirent et chacun s'empressa autour du cher cousin William. Celui-ci lui serrait la main, celui-là l'embrassait, tous se disputaient l'honneur de le recevoir et de l'héberger.

« Cette bague, demanda le nègre étonné, a-t-elle donc le pouvoir d'ensorceler les gens?

— Oh! non, répondit William. Mais la simple vue de ce diamant, qui vaut mille écus, suffit pour leur faire comprendre que je suis riche, et pour eux les avantages de la fortune passent avant tous les autres.

— Oh! les aveugles que vous êtes! s'écria alors le nègre. Ce n'est donc pas ce diamant, mais c'est l'amour de l'argent qui vous a ensorcelés! Se peut-il qu'un peu de métal jaune et quelques cailloux transparents aient plus de prix à vos yeux qu'un homme aussi noble que l'est mon maître? En vérité :

> Seul l'insensé préfère (et le sage le blâme)
>   L'éclat des joyaux et de l'or
>   A l'éclat, plus brillant encor,
>   Des vertus, ces joyaux de l'âme. »

XXVI

LA TABATIÈRE D'OR

Un colonel, se trouvant à table avec plusieurs officiers qui dînaient chez lui, leur montra une fort belle
tabatière d'or qu'il venait d'acheter. Quelques moments après, il voulut prendre une prise. Mais il
fouilla vainement toutes ses poches, et, saisi de surprise, il demanda :

« Où donc est ma tabatière? Messieurs, ayez la
bonté de voir si quelqu'un de vous ne l'a pas mise,
par distraction, dans sa poche. »

Aussitôt tous les convives se levèrent et retournèrent leurs poches sans que la tabatière reparût. Un
seul d'entre eux, le porte-drapeau du régiment, resta
assis, tandis que sa contenance et son visage trahis-
saient un embarras visible.

« Je ne retourne pas mes poches, dit-il. Ma parole
d'honneur doit suffire pour prouver que je n'ai pas la
tabatière. »

Après le repas, les officiers s'en allèrent en secouant la tête, car chacun d'eux tenait le jeune enseigne pour le voleur.

Le lendemain matin, le colonel le fit appeler et lui
dit :

« Je viens de retrouver ma tabatière. Le fond de
ma poche étant décousu, elle s'était glissée dans la
doublure de mon uniforme. Mais dites-moi mainte-

nant pour quel motif vous avez refusé de retourner
vos poches, tandis qu'aucun des autres officiers n'a
hésité à le faire. »

Le porte-drapeau lui répondit :

« Je vous le dirai volontiers, mon colonel, mais à
vous seul. Sachez donc que mes parents sont pauvres.
Je leur donne la moitié de ma solde, et par motif d'é-
conomie je ne dîne jamais à l'hôtel. Hier, quand vous
me fîtes l'honneur de m'inviter à votre table, j'avais
déjà mon petit dîner dans ma poche. Je serais mort de
confusion si, en la retournant, j'avais fait tomber le
morceau de pain bis et le saucisson qui devaient com-
poser mon modeste repas. »

Ces paroles émurent profondément le colonel.

« Vous êtes un excellent fils! dit-il au jeune militaire. Aussi, pour vous aider à soutenir vos parents,
je serai charmé de vous recevoir à ma table tous les
jours. »

Il fit plus. Pour dissiper entièrement les injustes
soupçons qui planaient sur le pauvre enseigne, il invita tous les officiers à un grand dîner, proclama devant eux l'innocence du brave jeune homme et lui fit
cadeau de la tabatière d'or en témoignage de sa haute
estime.

Rendez à vos parents en respect, en amour,
Ce qu'ils ont fait pour vous pendant leur vie entière,
Et vous serez bénis du bon Dieu sur la terre,
Comme vous le serez dans les cieux quelque jour.

XXVII

LA TÊTE DE PIPE

François Brun était fils d'une pauvre veuve qui habitait un village. Comme il avait une très-belle voix, il fut engagé en qualité de chantre par le maître de chapelle de la cathédrale de cette ville. Dès ce moment il se livra avec ardeur à l'étude. Il y consacrait la majeure partie de la journée, et le soir il donnait des leçons de latin, dont le produit servait à son entretien. Grâce à son intelligence et à son zèle infatigable, il ne tarda pas à obtenir le grade de docteur en droit et le poste de secrétaire du gouverneur de la province.

Le nouveau secrétaire, qui était un homme fort capable, pouvait espérer de parvenir à un emploi plus élevé et même d'épouser la jeune Émilie, fille du gouverneur, lequel l'admettait volontiers à sa table et dans sa famille.

Un jour, comme la grande foire de la ville venait de s'ouvrir, un respectable vieillard, qui était du même village que François et qui connaissait parfaitement ce dernier, se présenta chez le secrétaire et lui dit :

« Monsieur, votre vieille mère est malade ; elle m'a prié d'aller vous voir et de vous demander quelque secours pour elle. »

François lui remit une pièce de cinq francs et lui dit d'un air presque fâché :

« Tenez, portez-lui cela. »

L'après-dînée du même jour, toute la famille du gouverneur se rendit à la grand'place pour voir les riches étalages de la foire et acheter l'un ou l'autre objet de fantaisie. François, qui l'accompagnait, y avisa une superbe tête de pipe d'écume de mer. Il en eut envie et la paya vingt francs.

Émilie, qui était une jeune personne aussi belle que pieuse et noble de cœur, savait que François n'avait envoyé, le matin, à sa mère malade qu'une seule pièce de cinq francs. Bien qu'elle éprouvât pour lui une secrète inclination, elle fut indignée de le voir dépenser quatre fois autant à une simple bagatelle.

Elle ne put s'empêcher d'en parler à son père. Le gouverneur fut saisi d'indignation et dit :

« C'en est fait; je ne puis plus avoir de confiance dans un homme qui, tout capable qu'il est, a si peu de cœur pour sa pauvre mère malade et qui attache tant de prix à satisfaire sa vanité, ses fantaisies et ses caprices. »

Dès ce moment François n'eut plus le moindre crédit. Au lieu d'obtenir une belle place de conseiller qu'il ambitionnait, à peine s'il réussit à se faire nommer à un emploi dans un village. Depuis ce temps, on n'entendit plus parler de lui.

> Qui n'aime ses parents et qui ne les honore
> Sur ses pas rarement voit le bonheur éclore.

XXVIII

LA MONTRE D'ARGENT

Augustin, étudiant fort pauvre, se trouvant un jour en voyage, avait été admis à passer la nuit dans un moulin. Un banc, placé dans la chambre du rez-de-chaussée, lui servait de lit. Vers minuit il se réveilla, et entendit un léger tic-tac contre la muraille. Après s'être dressé sur son séant, il regarda, et aperçut, à la clarté de la lune, une montre accrochée à un clou.

Il éprouva aussitôt une vive tentation de s'emparer de cette montre et de s'enfuir par la fenêtre. Sa conscience, il est vrai, ne cessait de lui répéter ce commandement de Dieu :

« Tu ne voleras point. »

Mais le désir de posséder cette belle montre le dominait de plus en plus. Tout à coup Augustin, pour échapper à la tentation, se leva, sauta par la fenêtre et s'éloigna à travers champs.

Quand il eut fait quelques centaines de pas, il se repentit de n'avoir pas emporté la montre, et voulut retourner au moulin. Mais sa conscience lui cria une dernière fois :

« Tu ne voleras point. »

Il écouta cette voix, et continua son chemin.

La lune se coucha bientôt, et la nuit devint très-obscure. Augustin s'égara dans une bruyère marécageuse, mais il finit heureusement par atteindre une éminence. Là il se laissa tomber de fatigue, et il ne tarda pas à s'endormir profondément. Vers le lever du jour, des cris affreux le réveillèrent ; et, quand il ouvrit les yeux, il frissonna d'horreur et d'épouvante.

En effet, il y avait de quoi frémir : Augustin avait dormi sous un gibet, et au-dessus de sa tête pendait le corps d'un voleur de nuit, autour duquel s'étaient rassemblés une quantité de corbeaux qui poussaient des croassements effrayants. En ce moment le pauvre étudiant crut entendre au fond de son cœur une voix qui lui disait :

« Prends exemple à ce que tu vois. Le sort du malheureux dont voici les restes, serait aussi un jour devenu le tien, si tu avais commencé à voler. »

Par un sentiment de reconnaissance, il se laissa tomber à genoux, pria avec ferveur et promit à Dieu de repousser à l'avenir, immédiatement et sans hésiter une seule seconde, toute tentation semblable à celle qu'il avait éprouvée.

Plus la tentation est grande, plus aussi
Nous devons demander au bon Dieu qu'il nous prête
La force et la vertu qu'il faut pour tenir tête
Au mal, si l'on n'y veut succomber sans merci.

XXIX

LE CORDON DE MONTRE

Plusieurs jeunes filles qui fréquentaient une école de tricot et de broderie, avaient résolu de faire ven-

La montre d'argent.

dre, au profit des pauvres, une partie des ouvrages d'agrément qu'elles avaient faits. Une marchande de la ville, qui tenait un grand magasin de mercerie, prit part à leur bonne œuvre et se chargea de la vente de ces objets.

Une élève très-vaniteuse, qui s'appelait Aldégonde et qui se croyait fort habile à tricoter des ouvrages en perles, se dit un jour :

« Voici une excellente occasion pour moi de voir quel prix on met à mon talent. Les autres élèves me portent envie ; la maîtresse elle-même n'est guère bien disposée pour moi. Mais la mercière ne sait pas de qui sont les ouvrages qu'elle s'est chargée de vendre ; de sorte qu'elle me dira certainement la vérité. »

Aldégonde alla donc au magasin de la marchande, désigna un très-joli cordon de montre, qu'une de ses compagnes avait tricoté, et en demanda le prix.

« Ce cordon-ci, dit la mercière, je ne puis le donner qu'à raison d'un franc et demi.

— Et celui-ci, combien coûte-t-il ? demanda Aldégonde en montrant un cordon plus beau encore qu'une autre élève avait fait.

— Celui-là doit coûter un franc soixante et quinze centimes.

— Et celui-ci ? reprit Aldégonde en posant le doigt sur un cordon qu'elle avait tricoté elle-même et qu'elle regardait comme le plus beau de tous.

— Ah ! quant à celui-là, répondit la mercière, je vous le donnerai par-dessus le marché si vous achetez l'un des deux autres. »

Aldégonde ne put cacher la confusion dont elle fut saisie à cette réponse. Elle rougit jusque dans le blanc des yeux. Alors la marchande lui dit :

« A présent je m'aperçois, mademoiselle, que c'est vous-même qui avez fait ce cordon. Je regrette beaucoup que le travail en soit si imparfait. Cependant, comme vous n'êtes venue ici que pour savoir la vérité, je vous l'ai dite sincèrement. »

Le cœur rempli de vanité
Aime entendre la flatterie.
Au contraire, la modestie
N'aime que la sincérité.

XXX

LA CORBEILLE A TRICOT

Il y avait un village où les jeunes filles ne savaient pas même tricoter. Aussi un grand nombre d'entre elles allaient-elles pieds nus. Le bourgmestre de l'endroit eut beau donner des ordres rigoureux pour que les petites filles allassent apprendre à tricoter chez la femme du maître d'école; il n'obtint aucun résultat. Les unes paraissaient trop maladroites pour se livrer à cette occupation; les autres se dispensaient, sous toute sorte de prétextes, d'aller à l'école. Sur vingt jeunes filles, une seule avait appris à tricoter avec beaucoup de régularité et d'adresse.

L'instituteur, qui était un homme de grand sens et de cœur, dit un jour :

« Je saurai bien les amener toutes à venir apprendre à tricoter. »

Il prit du carton et de joli papier de couleur, en fit une charmante corbeille à tricot et la donna à la petite fille qui tricotait avec tant d'adresse. Alors toutes les élèves n'eurent qu'un désir : c'était de se voir en possession d'une corbeille semblable. Mais l'instituteur leur dit :

« Aussitôt que vous saurez tricoter, vous en aurez une pareille ; maintenant elle ne vous servirait à rien. »

Dès ce moment, les jeunes filles se mirent avec le plus grand zèle à apprendre le tricotage, et bientôt on les vit passer dans le village par troupes, chacune portant au bras une jolie corbeille à tricot, ou se réunir dans la prairie et tricoter avec la plus grande ardeur. Non-seulement chacune d'elles pourvut sa maison de beaux et utiles ouvrages, mais encore elles en fournirent aux villages voisins, et gagnèrent, sans se donner trop de peine, beaucoup d'argent, pendant les heures qu'elles perdaient naguère à bavarder entre elles et à ne rien faire.

Ce que l'on n'obtient point par la sévérité,
On l'obtient quelquefois par de l'habileté.

XXXI

LA CASSETTE MERVEILLEUSE

Une maîtresse de maison éprouvait dans son ménage toute sorte de désastres, et son avoir diminuait d'année en année. Enfin elle résolut d'aller consulter

un vieil ermite qui demeurait dans la forêt. Après
lui avoir exposé le mauvais état de ses affaires, elle
lui dit :

« Certainement on m'a jeté un sort, car ce qui se
passe dans ma maison est tout à fait extraordinaire.
Dites-moi, que faut-il que je fasse pour combattre le
mal ? »

L'ermite, qui était un jovial vieillard, la pria d'attendre quelques instants et entra dans une petite
chambre attenante à sa cellule. Il en sortit quelques
moments après, tenant à la main une cassette fermée
et scellée d'un cachet.

« Prenez cette cassette, dit-il à la femme; portez-
la, trois fois par jour et trois fois par nuit, dans la
cuisine, dans la cave, dans l'étable, en un mot,
dans tous les coins et recoins de votre maison : vous
verrez bientôt que tout ira mieux. Seulement, ne
manquez pas de me la rapporter au bout de l'année. »

La bonne femme mit toute sa confiance dans la
mystérieuse cassette, et elle eut soin de la porter ré-
gulièrement, trois fois par jour et trois fois par nuit,
dans tous les coins de sa maison.

Le surlendemain de la visite qu'elle avait faite à
l'ermite de la forêt, elle descendit à la cave et rencon-
tra dans l'escalier le domestique qui venait de déro-
ber une cruche de bière. A une heure fort avancée de
la nuit, elle surprit, dans la cuisine, les servantes en
train de se régaler d'omelettes. En visitant l'étable et
l'écurie, elle vit que les vaches étaient enfoncées jusqu'à mi-jambes dans le fumier et que les chevaux,
nourris de foin au lieu d'avoine, n'avaient pas été
étrillés depuis plusieurs jours. Bref, à chaque pas
qu'elle faisait, elle découvrait un nouvel abus, et

La cassette mystérieuse.

14

chaque fois elle put constater une nouvelle cause de ruine.

Quand l'année fut écoulée, elle retourna dans la forêt avec la cassette et dit à l'ermite :

« Oh ! maintenant tout va mieux dans ma maison. Aussi je vous prie de me laisser encore la cassette pendant une année, car elle renferme un remède vraiment merveilleux. »

Alors l'ermite se prit à rire, et lui répondit :

« Cette cassette, je ne peux pas vous la laisser ; mais le remède qu'elle renferme, je vais vous le donner. »

Il ouvrit aussitôt la cassette, et, à la grande surprise de la femme, il en tira un petit carré de papier blanc sur lequel étaient écrits ces mots :

« Veux-tu que toute chose en ta maison prospère ?
— « Que ton œil soit partout, voilà le seul mystère. »

XXXII

LE TAFFETAS

Adèle, fille d'un cordonnier, dirigeait le ménage de son père, qui était veuf. Elle était active et fort entendue dans la conduite d'une maison ; mais elle aimait beaucoup trop la toilette. Un jour, voulant se faire faire une robe, elle acheta huit mètres de taffetas cramoisi, à cinq francs le mètre. Elle le montra à son père, qui ne voulait pas que sa fille eût une mise recherchée, et qui, d'ailleurs, ne connaissait pas le prix des étoffes de soie; mais elle lui fit accroire que ce taffetas coûtait seulement deux francs et demi le mètre. Elle ne cessa de le prier jusqu'à ce qu'il lui eût donné vingt francs, et cinq francs en sus pour la façon de la robe.

Transportée de joie, Adèle prit les vingt francs, y ajouta vingt autres francs qu'elle avait eu beaucoup de peine à économiser, et courut payer au marchand l'étoffe qu'elle avait achetée.

Pendant qu'elle était dehors, un juif qui faisait le commerce des cuirs, entra chez le cordonnier. Il aperçut le beau taffetas, et demanda combien il coûtait le mètre.

« Ce taffetas est bien cher; il coûte deux francs et demi le mètre, répondit le père d'Adèle.

— Mais cette étoffe n'est pas trop mal, répondit le juif, et je vous en donnerais volontiers tout de suite trois francs le mètre. »

Le cordonnier accepta le marché. Après avoir compté l'argent sur la table, le juif mit le taffetas dans son sac et partit, enchanté de la bonne affaire qu'il avait faite.

A la rentrée d'Adèle, son père lui dit :

« Ma fille, tu vas être bien contente. Pendant ton absence, j'ai fait un excellent marché pour toi. J'ai vendu ton taffetas à un juif à raison de trois francs le mètre! Tu as donc gagné net un demi-franc par mètre, et tu peux maintenant aller choisir une étoffe plus belle encore. »

En entendant ces mots, Adèle, consternée, devint pâle comme une morte. Dans le premier moment de surprise, elle s'écria, en joignant les deux mains :

« Ah ! mon Dieu ! quelle perte ! »

Alors le père soupçonna qu'elle avait menti d'abord. Elle avoua, en effet, en versant beaucoup de larmes, qu'elle avait payé quarante francs les huit aunes et qu'elle perdait ainsi seize francs.

Mais le père lui dit :

« Te voilà punie de ton mensonge. C'est par ta propre faute que tu viens de perdre l'argent que tu avais si laborieusement économisé. Quant à moi, je reprends les trente francs que le juif m'a payés ; et, parce que tu m'as si effrontément trompé, tu n'auras plus un centime pour une robe de si grand prix. »

Gardons-nous de mentir, car rien n'est aussi vil,
Et filer le mensonge est faire un mauvais fil.

XXXIII

LE BEAU CHAPEAU DE TAFFETAS

Un riche seigneur qui habitait la campagne était venu en ville, et se trouvait dans un grand magasin de modes afin d'acheter pour sa femme un chapeau qu'il voulait emporter à son château.

« Je vous laisse, dit-il à la marchande de modes, le soin de choisir le plus beau que vous ayez dans votre magasin. »

Aussitôt la femme tira d'un carton le plus élégant chapeau qu'elle eût. Il était orné des plus belles fleurs artificielles qu'on pût voir.

« En vérité! s'écria le seigneur, voilà un chapeau magnifique. Il me plaît extraordinairement. Combien en demandez-vous ?

— Rien du tout, monsieur, répliqua la marchande; car ce chapeau est payé depuis longtemps.

— Que voulez-vous dire par là? reprit le seigneur. Je ne vous comprends pas. »

La femme lui répondit :

« Peut-être vous vous souviendrez encore que, vous trouvant au marché aux fruits, vous achetâtes, il y a bien des années, des oranges à une petite fille très-pauvrement vêtue. Vous remîtes à cette enfant un napoléon en lui demandant de vous rendre le reste. Mais elle vous répondit que, sa mère étant malade, elle était venue au marché sans autre chose que son panier de fruits et qu'elle n'avait pas de quoi rendre le surplus de la pièce d'or. Alors vous lui dites : « Eh bien, le reste est pour ta mère malade. » Ce don généreux fut un trésor pour la mère et pour l'enfant; car, sans votre bonté, elles n'auraient pu continuer leur petit commerce de fruits. Un heureux mariage mit plus tard en possession de ce magasin la pauvre jeune fille dont vous avez si noblement secouru la mère; et cette jeune fille c'est moi. Aussi, monsieur, veuillez me faire la grâce d'accepter ce chapeau comme une faible marque de ma reconnaissance. »

Le seigneur fut aussi stupéfait que ravi de ce qu'il venait d'entendre.

« Je veux que ma femme aussi fasse votre connaissance, dit-il à la marchande; venez donc, je vous prie, nous voir à notre château pendant ce printemps. »

Mais, avant que la marchande de modes eût pu se

rendre à la campagne, l'épouse du gentilhomme était déjà venue la voir pour lui offrir son amitié.

Quelle belle vertu c'est que la bienfaisance !
Mais une autre aussi belle est la reconnaissance.

XXXIV

LE CORDON DE PERLES

Une dame de qualité était invitee avec ses deux filles à une noce qu'on célébrait dans une maison de chasse du prince, située au milieu d'une grande forêt. Elles s'y rendirent magnifiquement habillées et parées de joyaux et de perles.

À l'entrée de la forêt, le carrosse où elles se trouvaient rasa de trop près un énorme buisson d'épines. Une branche accrocha la coiffure d'une des demoiselles et rompit un cordon de perles qui était mêlé à sa chevelure, de sorte que les perles roulèrent de tous côtés sur la route.

Aux cris qu'il entendit, le cocher arrêta immédiatement les chevaux: la dame, ses filles et les domestiques qui les accompagnaient, descendirent de la voiture et mirent plus d'une heure à rechercher les perles dans l'herbe et dans les broussailles. Les deux demoiselles allaient évidemment arriver trop tard au festin de noces, et elles s'en montraient fort chagrines, quand tout à coup on vit un bûcheron presque hors d'haleine accourir de l'intérieur de la forêt.

« Mesdames, dit-il, cessez de vous affliger de l'événement qui vous arrête ici, et rendez-en plutôt grâces
à Dieu; car une bande de brigands se trouve en em-
buscade dans la forêt pour guetter votre passage. J'ai
voulu vous prévenir du danger qui vous menace; mais
je n'ai pu arriver ici qu'en faisant de longs détours,
cette bande étant échelonnée dans toutes les parties
de la forêt. Si vous n'aviez pas été retenues en cet
endroit, vous auriez été entièrement dévalisées et peut-
être même auriez-vous perdu la vie. »

La dame récompensa généreusement le bûcheron,
ordonna au cocher de retourner immédiatement chez
elle, et dit à ses filles :

« Oh! mes chères enfants, quelle sagesse Dieu met
à diriger toutes choses! Notre vie à nous toutes a tenu
à ce mince cordon de soie auquel les perles étaient
enfilées. S'il ne s'était pas rompu, nous serions peut-
être mortes à l'heure qu'il est. Le retard que cet accident nous a occasionné, si désagréable qu'il nous ait
paru, a été un grand bonheur pour nous. C'est ainsi
que toutes les contrariétés, grandes ou petites, qui
nous arrivent, tournent à notre avantage. »

Si nous savions pourquoi Dieu parfois à l'épreuve
Nous met par quelque affliction,
Nous saurions qu'il ne veut nous donner qu'une preuve
De sa profonde affection.

XXXV

LA PETITE CROIX D'ÉBÈNE

La petite croix que Thérèse avait reçue en cadeau, était charmante. Elle était faite de bois d'ébène, et aux quatre extrémités il y avait de petites pommettes d'or. La jeune fille la portait au cou à un ruban de soie bleue.

Un jour, la traverse de la petite croix s'étant détachée, Thérèse pria son père de la réparer.

« Je le ferai bien volontiers, lui dit celui-ci, et en même temps je t'enseignerai comment tu dois t'y prendre pour faire en sorte qu'aucune contrariété au monde ne devienne une croix, c'est-à-dire un sujet d'affliction pour toi. Tiens, regarde bien, mon enfant : cette traverse ôtée, il ne reste que la grande branche et il n'y a plus même de croix. Pour en faire une croix, il faut y ajouter la traverse. Il en est de même de toute contrariété de l'espèce de celles que nous appelons communément croix. La volonté de Dieu en est la branche principale; mais notre volonté, qui cherche souvent à s'opposer à celle de Dieu, c'est la traverse. Ainsi, à chaque contrariété que tu éprouveras dans la vie, ôte la traverse, c'est-à-dire sacrifie ta volonté à celle du Seigneur, et tu verras qu'il n'y a plus de croix, la volonté de Dieu seule restant. »

Obéis au Seigneur. A sa volonté sainte

Soumets ta propre volonté.
Tu ne retrouveras plus ni murmure ni plainte
S'il impose une croix à ton cœur attristé.

XXXVI

LE MIROIR

Mathilde était d'un caractère extrêmement emporté. Sa mère lui représentait souvent avec sévérité combien la colère est horrible, pernicieuse et condamnable, et elle l'exhortait avec douceur à se modérer, Mais Mathilde ne se corrigeait pas.

Un jour, elle était assise devant une petite table à ouvrage sur laquelle se trouvait un joli vase de porcelaine rempli de fleurs. Son frère, qui était auprès d'elle, poussa par malheur la table en jouant, et le vase tomba en mille pièces sur le parquet. La jeune fille entra aussitôt dans une colère qui la mit tout à fait hors d'elle-même. Ses yeux étincelaient, les veines de son front étaient gonflées et tout son visage semblait décomposé.

La mère prit à la hâte un miroir et le tint devant le visage de Mathilde. Celle-ci fut effrayée en s'y regardant. Sa colère s'apaisa au même instant, et la pauvre enfant se prit à pleurer.

« As-tu vu maintenant combien la colère rend affreux? lui demanda sa mère. Si tu prends l'habitude funeste de t'y abandonner, ton visage prendra peu à peu les traits repoussants que tu viens de voir, et toute expression de douceur en disparaîtra. »

Depuis ce moment, Mathilde prit à cœur les exhortations de sa mère, et elle mit en œuvre tous ses efforts pour parvenir à vaincre son penchant à la colère. Elle devint un modèle de douceur, et la douceur la rendit plus belle encore.

Sa mère lui disait souvent :

« Il en est de même des vices et des vertus que de la colère et de la douceur.

> Le visage toujours est le miroir de l'âme
> Le vice y met le trouble et la laideur.
> Tandis que la vertu, cette douce splendeur,
> Y fait luire un rayon de sa céleste flamme. »

XXXVII

LE PORTRAIT

Il y a plusieurs centaines d'années, un marchand, qui possédait une fortune considérable, mourut dans une ville d'Orient. A la vérité, on savait qu'il avait laissé un fils qui se trouvait en voyage ; mais personne ne connaissait les traits de l'absent.

Quelques temps après, trois jeunes gens arrivèrent dans la ville ; chacun d'eux soutenait qu'il était le fils unique et l'héritier légitime du marchand décédé. Alors le juge se fit apporter un portrait, fort ressemblant, du père, et dit aux trois prétendants :

« Celui d'entre vous qui touchera avec une flèche le signe que je trace ici sur la poitrine de ce portrait, celui-là sera mis en possession de l'héritage. »

Le premier prit un arc et une flèche, visa le portrait et le toucha à la poitrine non loin du signe que le juge y avait tracé.

Le second, à son tour, décocha la flèche et atteignit le portrait plus près encore du signe.

Enfin le troisième se mit à viser. Mais tout à coup il se prit à trembler de tous ses membres. Il pâlit, éclata en larmes, et jeta loin de lui l'arc et la flèche, en s'écriant :

« Non! non! je ne saurais tirer. J'aime mieux perdre tout l'héritage de mon père. »

Alors le juge lui dit :

« Noble jeune homme, toi seul tu es le fils et l'héritier légitime du mort. A coup sûr, ce ne sont pas ceux-là qui ont tiré si juste. Un véritable enfant est incapable de percer d'une flèche le cœur de son père, même dans un portrait. »

> Béni l'enfant au cœur religieux
> Qui, sans s'inquiéter d'aucune chose au monde,
> Tient ceux-là les premiers dans son amour profonde
> Par qui son œil s'ouvrit à la clarté des cieux!

XXXVIII

LA ROBE NEUVE

A l'occasion de la fête de Noël, Mme de Thalheim fit faire pour sa fille Apolline une robe neuve de satin couleur bleu de ciel. La veille du saint jour, à une heure assez avancée de la soirée, le tailleur apporta cette robe si impatiemment attendue. Apolline la mit aussitôt pour essayer si elle lui allait bien, et, à sa grande joie, elle la trouva faite à ravir.

En comptant au tailleur le prix de ce riche vêtement, Mme de Thalheim dit à sa fille :

« Il fait bien froid ce soir. Donne donc à ce brave homme un petit verre de notre bonne liqueur. Mais allume une bougie, car il fait déjà entièrement noir, surtout dans le petit cabinet. »

Apolline revint, un moment après, un flacon à la main, offrit au tailleur un petit verre qu'elle venait de remplir et resta toute joyeuse devant l'homme, prête à remplir le verre une seconde fois. Le tailleur absorba d'un trait la liqueur; mais au même instant il la rejeta en faisant une horrible grimace.

Apolline avait négligé d'allumer une bougie comme sa mère le lui avait recommandé, et dans l'obscurité, au lieu du flacon de liqueur, elle avait pris un flacon d'encre. Aussi sa belle robe couleur bleu de ciel fut-elle parsemée du haut en bas de taches d'encre, les unes petites, les autres grandes, de sorte qu'il n'était plus possible de la mettre. La pauvre enfant pleurait à chaudes larmes. Mais sa mère lui dit :

« Voilà une suite de ta désobéissance. Aussi, demain tu iras à l'église avec ta vieille robe, et d'ici à un an tu n'en auras plus une neuve. »

Le père, qui venait précisément d'entrer, fit encore sur cet accident une réflexion très-judicieuse.

« L'insensé, dit-il, qui préfère les ténèbres à la lumière et l'ignorance à l'intelligence, peut reconnaître ici la justesse de cette maxime :

Lorsqu'il manque de la lumière

Dans l'esprit et dans la maison,
On peut être certain de faire
Fautes et taches à foison. »

XXXIX

LE VIEUX MANTEAU

Durant la guerre, plusieurs soldats entrèrent dans un village et requirent un guide qui pût leur montrer leur chemin. Un pauvre journalier fut désigné pour les accompagner. Il faisait très-froid, la neige tombait à gros flocons, et la bise soufflait avec une violence extrême. Aussi le pauvre homme supplià-t-il les villageois de lui prêter un manteau. Mais aucun ne voulut accéder à sa prière.

Seul, un vieillard eut pitié du journalier et lui prêta son manteau : c'était un pauvre ouvrier forgeron, étranger à la commune, où les événements de la guerre l'avaient forcé à chercher un refuge, et qui y gagnait péniblement sa vie en exerçant son métier.

Après lui avoir serré la main, le guide partit avec les soldats.

Mais, le soir étant venu, on vit entrer au grand trot dans le village un jeune et bel officier de cavalerie, revêtu d'un superbe uniforme et une croix d'honneur sur la poitrine. Quel fut l'étonnement général, surtout quand il demanda à être conduit auprès du vieillard qui avait prêté son manteau au journalier ! En apercevant l'officier, le généreux forgeron poussa un cri de joie :

« O mon Dieu! voilà mon fils Rodolphe! »

En disant ces mots, il courut au-devant du jeune homme et le serra avec émotion sur son cœur.

Plusieurs années avant cet événement, Rodolphe avait été forcé d'entrer dans l'armée, et, grâce à ses talents distingués, à sa loyauté et à sa bravoure, il était parvenu au grade d'officier. Depuis son départ, il n'avait plus reçu de nouvelles de son père, qui avait exercé la profession de maître forgeron dans un gros bourg d'où il s'était vu obligé de s'enfuir pour échapper aux désastres de la guerre. Mais le fils avait reconnu le vieux manteau sur les épaules du journalier et appris de celui-ci que le vieillard avait trouvé un asile dans le village et qu'il y vivait modestement du produit de son travail.

Le père et le fils pleurèrent longtemps de joie, et les gens qui les entouraient ne purent s'empêcher de pleurer avec eux. Rodolphe passa la nuit auprès du vieillard, et leur causerie se prolongea jusqu'au lever du jour. Alors il prit congé de son père, l'embrassa affectueusement, et partit après lui avoir remis une bonne somme d'argent et promis de ne le laisser manquer de rien.

Quant aux habitants du village, ils reconnurent la main de Dieu dans ce qui s'était passé, et ils se dirent entre eux :

« Parce que ce vieillard a été si charitable, Dieu a eu pitié de lui et lui a fait retrouver son fils qui l'a tiré de la détresse où il était. »

Celui qui prend en pitié la misère.

La misère de son prochain,
Peut être sûr que Dieu, comme un bon père,
A son tour lui tendra la main.

XL

LES SOULIERS

Conrad était un pauvre chevrier. Son salaire était si modique, qu'il n'y trouvait pas même de quoi s'acheter une paire de souliers. Aussi souffrait-il cruellement du froid aux pieds ; car on était à la fin de l'automne, et la saison était pluvieuse et glaciale.

Un jour il vit sortir de la forêt une homme qui avait déjà été condamné deux fois à la prison pour vol et qui lui dit :

« Mon métier est bien autrement lucratif que le tien. Si tu veux entrer à mon service, je te donnerai une paire de souliers neufs. Pourvu d'une bonne chaussure, tu ne souffriras plus autant du froid, et tu ne devras plus marcher pieds nus dans la boue. »

Mais le jeune chevrier lui répondit :

« Non. J'aime mieux marcher pieds nus et rester honnête que de me faire par le crime un meilleur sort. Il vaut mieux se salir les pieds dans la fange, que de se souiller les mains et l'âme par de mauvaises actions. »

Quand on est pauvre, mais honnête,
Mieux vaut un cœur probe et loyal.

Les souliers.

15

Qu'être riche et toujours en fête
Dans l'injustice et dans le mal.

XLI

LE CLOU DE SOULIER

Un laborieux cloutier, qu'on appelait Sans-Repos, était assis toute la journée dans son atelier, et il martelait si vaillamment le fer, que les étincelles jaillissaient autour de lui comme une pluie de feu.

Le fils de son riche voisin, M. de Berg, venait le voir chaque jour et restait, pendant des heures entières, à le regarder travailler.

« Tenez, mon jeune monsieur, lui dit un matin le cloutier, vous devriez bien apprendre, par forme de passe-temps, à faire aussi des clous. Qui sait à quoi cela peut vous servir quelque jour ? »

Le jeune homme, à qui son oisiveté pesait, consentit à faire ce que lui disait le vaillant ouvrier. Il s'assit, en riant, à l'enclume, et il devint bientôt assez habile pour façonner un excellent clou de soulier.

Le vieux M. de Berg mourut, laissant une fortune considérable. Son fils la recueillit, mais la guerre ne tarda pas à venir l'en dépouiller. Privé de ses biens, il fut encore forcé d'émigrer, et il arriva dans un village fort éloigné de sa patrie. Dans le même endroit, il y avait plusieurs cordonniers qui portaient, chaque semaine, de grosses sommes d'argent à la ville pour y acheter des clous de soulier, et qui souvent même ne pouvaient s'en procurer pour leur bel argent; car on faisait dans toute la contrée des milliers de chassures pour l'armée.

Le jeune M. de Berg, qui se trouvait dans une grande misère, songea alors qu'il s'entendait fort bien à l'art de façonner des clous de soulier. Il offrit aux cordonniers de leur en fournir une grande quantité, s'ils voulaient l'aider à établir un atelier. Ils l'y aidèrent en effet, et dès ce moment, il put gagner très-honorablement sa vie.

« C'est pourtant une bonne chose, disait-il souvent, que de savoir un métier, quand même il ne consisterait qu'à faire un clou de soulier. Aujourd'hui j'en retire plus d'avantage que de mon vaste domaine que je n'aurais pas donné pour cinq cent mille francs. »

La fortune est changeante et peu sûre souvent.
Sur des biens passagers compter, ce n'est, en somme,
Que compter sur le vent :
Un utile métier nourrit toujours son homme.

XLII

LES SEPT BAGUETTES

Un père avait sept fils qui ne s'entendaient guère entre eux. Ils vivaient en si mauvaise intelligence, que les disputes et les querelles leur faisaient souvent négliger le travail. Les choses en vinrent au point que plusieurs voisins avides songeaient déjà à profiter de la désunion de cette famille, et à circonvenir le père pour l'amener à déshériter ses propres enfants et à laisser ses biens à des étrangers.

Un jour, le vénérable vieillard fit venir ses sept fils devant lui. Il leur montra sept baguettes, solidement liées ensemble, et dit :

« A celui d'entre vous qui cassera en deux ce faisceau de baguettes, je compterai à l'instant même cent pièces de cinq francs. »

Tous essayèrent successivement leurs forces, et chacun d'eux, après avoir vainement tenté de rompre le faisceau, répondit :

« Il est impossible de le briser.

— Cependant, répliqua le père, rien n'est plus facile. Tenez, voyez seulement. »

En disant ces mots, il délia le faisceau et rompit sans la moindre peine chacune des sept baguettes.

« Eh ! s'écrièrent alors les fils, de cette façon-là rien n'est plus aisé. Les mains d'un enfant en viendraient facilement à bout. »

Alors le père leur répondit :

« Mes fils, ces sept baguettes sont votre image. Aussi longtemps que vous resterez unis comme elles l'étaient dans ce faisceau, vous serez forts, et personne ne pourra vous dominer. Mais, si le lien de la concorde qui doit vous unir se brise, vous aurez le sort de ces baguettes qui gisent là rompues à vos pieds. »

La maison, la cité, le pays tout entier
  S'affaiblissent par la discorde.
S'ils se tiennent unis, rien ne les fait plier.
Rien ne brise un faisceau lié par la concorde.

XLIII

LA CHAINE

Simon était un garçon de peu de probité, et il ne valait guère mieux qu'un voleur. A la vérité, il ne volait pas directement ; mais quand il trouvait quelque chose, il le gardait toujours, quoiqu'il sût fort bien à qui cet objet appartenait.

Un matin, il passa devant l'atelier d'un serrurier, et aperçut, non loin de la porte, sur le pavé de la rue, une belle chaîne de fer qu'on paraissait avoir perdue. Simon regarda d'abord à droite et à gauche pour s'assurer que personne ne le voyait, puis il saisit rapidemeut la chaîne. Mais au même instant il poussa un cri affreux, et la laissa retomber sur le pavé. La chaîne était encore presque rouge, et le malheureux s'était horriblement brûlé les doigts.

Le serrurier, qui avait jeté la chaîne sur le pavé afin qu'elle pût s'y refroidir, accourut au cri de Simon et lui dit :

« Ah ! tu as bien mérité d'avoir tes doigts de voleur brûlés. De crainte qu'il ne t'arrive pis encore, retiens bien ceci :

> Ne touche pas au bien d'autrui.
> Y mettre une main imprudente,
> C'est toucher à la chaîne ardente,
> Comme tu l'as fait aujourd'hui. »

La corde.

XLIV

LA CORDE

Deux petits garçons, Guy et Nicolas, trouvèrent sur la grand'route une vieille corde. Les voilà se disputant cette mince trouvaille et se querellant de façon à faire retentir de leurs cris la vallée et la montagne. Guy tenait la corde par un bout, Nicolas par un autre, et chacun d'eux s'efforçait de l'arracher des mains de son compagnon. Ils tirèrent si longtemps et si fort, que la corde finit par se rompre : au même instant tous deux tombèrent sur le pavé et roulèrent dans la boue.

Un homme, qui était survenu dans ces entrefaites, leur dit :

« Voilà ce qui arrive aux gens qui se querellent. Ils commencent par faire grand tapage et par engager une violente dispute pour un mince objet. A la fin, qu'y gagnent-ils l'un et l'autre ? Rien, si ce n'est qu'ils en sortent couverts de honte et de confusion, de même que vous l'êtes de boue. »

Vivons toujours en paix et fuyons les querelles,
   Tout lien se brise par elles.
   De disputes vous occuper,
C'est tirer aux deux bouts d'une corde et tomber.

XLV

LA FOIRE

Une dame, qui habitait la campagne et qui possédait une assez belle fortune, n'avait pas d'enfants. Aussi, avait-elle conçu le projet d'adopter une fille sage et laborieuse et de la choisir dans sa famille, qui était établie dans la ville voisine.

Elle y alla donc un jour. Mais à peine y eut-on connaissance de son intention, que plusieurs jeunes personnes, qui étaient ses parentes, vinrent la trouver pour se recommander à sa bienveillance.

La dame ne voulut, pour le moment, prendre aucune décision. Mais elle donna à chacune des jeunes filles une pièce d'argent en disant :

« Aujourd'hui c'est jour de foire. Allez à la grand'-place, et achetez-vous ce qui vous sera le plus agréable. Ensuite vous viendrez me montrer ce que vous aurez choisi. »

Les jeunes filles partirent au même instant, et elles revinrent bientôt toutes joyeuses. Presque toutes avaient acheté des rubans de couleur, des colliers de perles étincelantes, des résilles de soie toutes brodées d'or, ou d'autres objets de toilette, et elles montrèrent à leur tante ces brillantes frivolités.

Une seule, la pauvre Augustine, n'avait rien acheté de semblable. Mais elle avait choisi un petit livre de prières, une quenouille et une boîte d'aiguilles.

Ce choix plut beaucoup à la dame. Aussi prit-elle Augustine par la main en lui disant :

« Chère enfant, je me réjouis de te voir de bonne heure diriger ta pensée vers le travail et la prière. Les autres m'ont prouvé clairement, par leurs choix frivoles, qu'elles attachent plus d'importance à la toilette et à la vanité qu'à la piété et au travail. Dès ce moment tu es ma fille d'adoption. Continue à être ainsi, mon enfant. Deviens toujours plus pieuse et meilleure, sois toujours plus laborieuse, et le bon Dieu ne cessera d'être avec toi et sa grâce te suivra en tous lieux. Le goût du travail et l'amour de la prière ornent mieux une jeune fille que les plus riches joyaux et les plus belles parures. »

> Fuyons et laissons là toute frivolité.
> Futilités, arrière ! arrière !
> Car les plus beaux atours ce sont la piété
> Et le travail et la prière.

XLVI

LES MASQUES

Un gentilhomme avait réuni plusieurs convives à un magnifique souper. Pendant qu'ils étaient à table, ils virent entrer dans la salle à manger deux masques qui n'étaient guère plus grands que des enfants de cinq à six ans, et dont l'un représentait un grand seigneur, l'autre, une dame de qualité. Le premier

était vêtu d'un habit écarlate brodé d'or ; sa perruque
à bourse était poudrée à blanc, et il tenait à la main
un chapeau bordé d'un galon d'or. Sa compagne portait une robe de satin jaune parsemé de paillettes
d'argent ; elle avait pour coiffure un joli petit chapeau
orné de plumes blanches, et tenait un éventail à la
main. Tous deux exécutèrent une danse fort gracieuse,
et firent avec une aisance extrême les pas les plus
difficiles. Les convives ne purent assez admirer l'élégance et l'habileté des deux danseurs, et il n'y eut
personne qui ne fût émerveillé de ces deux charmants
enfants.

Alors un vieil officier, qui se trouvait parmi les
convives, prit sur la table une pomme et la jeta entre
les danseurs. Au même instant, le petit monsieur et
la petite dame s'élancèrent vers la pomme et se la
disputèrent avec un incroyable acharnement. Dans la
lutte, ils s'arrachèrent mutuellement le masque et la
coiffure, — et, qui l'eût cru ? au lieu de deux charmants enfants, on reconnut en eux deux singes d'une
laideur extraordinaire. A cette vue, tous les convives
partirent d'un éclat de rire qui retentit dans la salle.
Mais le vieil officier leur dit d'un air grave et sérieux :

« Les singes et les fous ont beau se parer avec
magnificence, on ne tarde pas à reconnaître ce qu'ils
sont. »

> A quoi nous sert d'être vêtu
> De beaux habits d'or et de soie,
> Si dans ce luxe qu'on déploie
> Manquent l'esprit et la vertu ?

XLVII

LE TRÉSOR DE LA FORÊT

Ambroise était allé voir sa grand'mère dans un village voisin. Elle lui donna une corbeille de pommes. Le soir, comme il regagnait sa maison et traversait la forêt, il vit, au pied d'un vieux chêne, quelque chose qui brillait comme de l'argent.

« Ah! mon Dieu! voilà un trésor!» s'écria-t-il!

Au même instant, il renversa la corbeille qu'il portait sur la tête, la remplit du trésor qu'il venait de trouver, et retourna tout joyeux à la maison.

Mais le lendemain, quand il examina sa trouvaille à la lumière du jour, il se prit à regretter ses belles pommes qu'il avait laissées dans la forêt et que les sangliers avaient sans doute mangées pendant la nuit; car il n'avait rapporté dans sa corbeille que quelques morceaux de ce bois pourri dont la lumière phosphorescente nous frappe parfois dans l'obscurité.

De bien des bonheurs que l'on vante
Et qu'on recherche avec amour,
Fuit l'apparence décevante
Quand ils sont mis dans leur vrai jour.

XLVIII

LE CADEAU DE FÊTE

Cécile venait d'atteindre sa quatorzième année, et on fêtait l'anniversaire de sa naissance. Son père, sa mère, ses frères et ses sœurs la félicitèrent et lui firent de riches cadeaux. Quant à sa grand-mère, elle lui donna une simple couronne de violettes autour de laquelle était tourné un cordon de perles, attaché au moyen d'un nœud de ruban.

« Ma chère enfant, lui dit-elle avec bonté et d'un cœur ému, puissent ces perles être le symbole de tes vertus et ces violettes l'emblème de ta modestie ! »

Mais Cécile jeta un regard de dédain sur la couronne et se dit en elle-même :

« J'attendais de ma grand'mère quelque chose de plus important que ces fleurs qui se trouvent partout dans les bois et que ces méchantes perles dont l'éclat n'est rien auprès de celui des perles de verre les plus communes. »

Elle prit la couronne, s'empressa de la mettre sur la tête de sa petite sœur qui était près d'elle, et lui dit avec un rire moqueur :

« Ma petite Juliette, cette couronne bleue est d'un effet charmant sur tes cheveux blonds. Pour moi, je ne savais qu'en faire ; mais pour une enfant comme toi, c'est un cadeau magnifique. »

Aussitôt la grand'mère ajouta :

« Ta sœur a raison. Ce cadeau convient mieux à une enfant modeste et sans prétention qu'à une demoiselle orgueilleuse et intéressée. Ces perles, dont Cécile ne connaissait pas la valeur et que je lui avais données pour ce motif, sont des perles véritables : je les ai payées quatre cents francs. Ta sœur, qui ne trouvait pas ce cadeau digne d'elle, s'est elle-même infligé la punition que méritaient son orgueil et son caractère intéressé. Quant à toi, ma bonne petite Juliette, remarque bien et n'oublie jamais la sentence qui est brodée en lettres d'or sur ce ruban rose : elle vaut mieux encore que les plus riches joyaux.

> Dans ces perles voyez une image assortie
> Des douces vertus d'un enfant,
> Et dans la violette un emblème charmant
> De sa candeur et de sa modestie. »

XLIX

LES TROIS LIVRES

Un pieux vieillard habitait une modeste cabane située au milieu d'une vaste forêt. Il était renommé dans toute la contrée pour sa sagesse et pour sa prudence, car il avait de bons conseils et de salutaires leçons à donner à tout le monde.

Un homme très-savant alla un jour le visiter, et fut émerveillé des sages discours du solitaire.

« Où donc, lui demanda-t-il, avez-vous puisé tant de sagesse ? Car je ne vois pas dans votre cabane de livres où vous ayez pu apprendre les belles et bonnes choses que vous savez. »

Le vieillard lui répondit :

« Je n'ai que trois livres, mais ce sont les meilleurs qu'il y ait, et j'y lis tous les jours. Ces trois livres sont les *œuvres de Dieu* que je vois au-dessus de ma tête et autour de moi dans la création, la *conscience* qui est au fond de moi-même, et la *sainte Écriture*.

« Les œuvres de Dieu, le ciel et la terre, sont comme un grand livre ouvert à nos yeux et qui nous révèle la toute-puissance, la sagesse et la bonté de notre divin Père. Ma conscience m'indique le bien que je dois faire et le mal que je dois fuir. Mais la sainte Écriture, qui est le livre des livres, m'enseigne comment Dieu s'est révélé à l'homme depuis la création du monde, et comment le Fils de Dieu, notre Seigneur et Sauveur Jésus-Christ, est descendu sur la terre ; il m'apprend ce qu'il nous a commandé et ce qu'il nous a promis, ce qu'il a fait et ce qu'il a souffert pour nous racheter du mal et pour nous sanctifier. »

> Cœurs pleins de charité, d'espérance et de foi,
> Dans trois livres sacrés puisez votre science,
> Dans l'Évangile saint, cette suprême loi,
> Dans la nature et dans la conscience.

L

LE PAYS FORTUNÉ

Un père et une mère vivaient avec leurs deux enfants dans une île déserte, qui se trouvait au milieu de l'Océan, et sur laquelle ils avaient été jetés par un naufrage. Des racines et des herbes leur servaient de nourriture. Une source leur fournissait de quoi étancher leur soif, et une caverne était leur demeure. Souvent des orages et des tempêtes terribles éclataient sur cette île solitaire.

Les enfants ne pouvaient plus se rappeler comment ils y étaient venus. Ils n'avaient aucun souvenir de la terre ferme où ils étaient nés. Le pain, le lait, les fruits et tout ce qu'il y a de mets agréables au goût, étaient des choses qu'ils ne connaissaient point.

Un jour, une petite barque dans laquelle se trouvaient quatre nègres aborda dans l'île. Les parents en eurent une grande joie, car ils espéraient que le moment de leur délivrance était arrivé. Malheureusement la barque était trop petite pour transporter toute la famille sur la terre ferme, et le père voulut être le premier à tenter le voyage.

La mère et les enfants pleurèrent amèrement quand ils le virent monter dans la frêle embarcation et que les quatre hommes noirs se disposèrent à l'emmener. Mais il leur dit :

16

« Ne pleurez pas. On est plus heureux là-bas et bientôt vous me rejoindrez tous. »

Quand la barque revint et qu'elle emmena la mère, les enfants versèrent des larmes plus amères encore. Mais elle leur dit à son tour :

« Ne pleurez pas. Nous nous reverrons tous dans un pays meilleur. »

Enfin, la petite barque revint une troisième fois pour chercher les deux enfants. Ils eurent grand'peur des hommes noirs et tremblèrent en se sentant flotter sur cette mer immense qu'il leur fallait traverser. Cette terreur les accompagna pendant tout le voyage et elle durait encore lorsqu'ils approchèrent de la terre ferme.

Mais quelle fut leur joie, quand leurs parents accoururent sur la rive, leur tendirent la main, les conduisirent à l'ombre des grands palmiers, et, sur le gazon fleuri, les régalèrent de miel, de lait et de toute sorte de fruits délicieux !

« Oh ! comme notre crainte était folle ! disaient les enfants. Au lieu d'avoir peur, nous aurions dû nous réjouir quand les hommes noirs vinrent nous prendre pour nous conduire dans ce pays bien plus beau que notre île sauvage.

— Chers enfants, leur répondit le père, notre passage de l'île déserte où nous étions, au beau pays où nous sommes maintenant, a pour nous une plus haute signification. Il nous reste à tous à faire un voyage encore plus long vers un pays encore plus beau. La terre tout entière que nous habitons ressemble à une île. Le pays magnifique où nous voici est une faible image du ciel, et le passage de la mer orageuse par où l'on y va, c'est la mort. La petite barque qui nous a conduits, c'est la civière sur laquelle nous serons portés un jour par quatre hommes vêtus de noir. Mais, quand viendra l'heure où il nous faudra quitter ce monde, votre mère, vous ou moi, à cette heure-là, n'ayez pas peur. Pour les hommes pieux, qui ont aimé Dieu et qui se sont montrés soumis à sa volonté sainte, le trépas n'est rien qu'un voyage vers une terre meilleure.

> La mort, ô mes amis, il ne faut pas la craindre.
> On ne peut que par elle aux champs du ciel atteindre.
> C'est l'Océan profond par où Dieu nous conduit
> Au royaume éternel, espoir de notre nuit. »

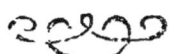

QUATRIÈME PARTIE

I

LE BON PÈRE

Un bon père résidait dans la capitale, où le retenaient des affaires très-importantes, tandis que sa famille vivait éloignée de lui à la campagne.

Un jour le père envoya à ses enfants une grande caisse remplie de toute sorte de belles choses. Il y avait joint une lettre dans laquelle il disait :

« Mes chers enfants, soyez sages et pieux, afin que vous puissiez bientôt venir me voir ici. Dans le lieu où je demeure, je garde pour vous des présents bien plus beaux encore que ceux que je vous envoie. »

Les enfants en eurent la plus grande joie et s'écrièrent :

« Comme notre père est bon ! Comme il doit nous aimer pour nous envoyer de si magnifiques cadeaux ! Aussi nous lui en sommes bien reconnaissants, et nous ferons tout ce qu'il nous recommande dans sa lettre. Que nous serons heureux le jour où nous pourrons le revoir ! »

Alors la mère leur dit :

« Chers enfants , votre père terrestre est certainement bien bon pour vous; mais il y a dans le ciel un père qui est meilleur encore envers tous les hommes qui sont ses enfants. A la vérité, dans ce moment nous ne pouvons pas plus voir le bon Dieu, que vous ne pouvez voir votre père qui est dans la ville. Mais Dieu fait briller pour nous le soleil, la lune et les étoiles; il fait croître aussi pour nous les fleurs, les fruits et les moissons. Par ces riches présents, il nous montre combien il nous aime. La sainte Écriture, dont je vous ai raconté et lu tant de choses, est comme une lettre qu'il nous a adressée et dans laquelle il nous manifeste sa volonté et nous promet le ciel. Oh ! là nous attendent des présents plus beaux et des joies plus grandes encore que ceux que cette terre peut nous donner. Aussi nous devons ici-bas aimer avec ardeur Dieu qui nous aime tant, et faire sa volonté paternelle. Dans le ciel nous le verrons face à face, et notre félicité y sera si grande que rien ne peut en donner une idée.

> Dieu, notre père à tous, est l'affection même,
> Et l'amour le plus pur et la bonté suprême.
> Il est notre refuge et notre espoir divin.
> Et qui compte sur lui n'espère pas en vain. »

II

L'ENFANT QUI PRIE

Une pauvre veuve dit un matin à ses enfants qui étaient fort jeunes encore :

« Chers petits, je n'ai pas de quoi vous donner à déjeuner aujourd'hui. Je n'ai ni pain ni farine, pas même un œuf dans la maison. Priez donc le bon Dieu, afin qu'il nous vienne en aide, car il est riche et puissant, et il a dit lui-même : « Invoque-moi dans ta détresse, et je viendrai à ton secours. »

Le petit Christian, qui comptait à peine six ans, prit le chemin de l'école. Il était à jeun, et son cœur était rempli de tristesse. Comme il passait devant l'église et que la porte en était ouverte, il y entra et s'agenouilla au pied de l'autel. Ne voyant personne dans l'église, il se mit à prier à haute voix.

« Notre Père qui êtes au ciel, disait-il, nous sommes cinq enfants qui n'avons rien à manger. Notre mère n'a plus ni pain, ni farine, pas même un œuf. Donnez-nous donc quelque chose à manger, de crainte que nous ne mourions de faim, nous et notre mère. Hélas ! aidez-nous, vous qui êtes riche et puissant Vous pouvez aisément venir à notre secours, car vous-même ne nous l'avez-vous pas promis ? »

C'est ainsi que pria le petit Christian dans sa simplicité d'enfant. Sa prière dite, il se dirigea vers l'école.

Quand il revint à la maison, il vit sur la table une miche énorme, un grand plat de farine et une corbeille remplie d'œufs.

« Oh! s'écria-t-il avec joie, que Dieu soit béni, lui qui a exaucé ma prière! Dites donc, chère mère, est-ce un ange du ciel qui nous a apporté cela?

— Non, répondit la mère. Mais Dieu n'en a pas moins écouté ta voix. Au moment où tu priais ce matin dans l'église, la femme du notaire s'y trouvait dans sa stalle grillée. Tu ne pouvais la voir; mais elle t'a vu, et elle t'a entendu. Touchée par ta prière, elle s'est empressée à pourvoir à nos besoins. Elle a été le messager du ciel envoyé à notre secours. Aussi, mes enfants, remerciez tous le bon Dieu; réjouissez-vous, et n'oubliez jamais cette belle sentence :

> Quel que soit le malheur qui menace ta vie,
> Et quelque affliction qui te vienne éprouver,
> Que Dieu soit ton recours, et que ton cœur le prie,
> Le bon Dieu te tendra la main pour te sauver. »

III

LE BON FILS

Antoine était apprenti dans une grande maison de commerce, où son père remplissait l'emploi de commis.

Un jour, celui-ci fut obligé d'entreprendre un voyage au delà de la mer pour les affaires de son maître.

L'enfant qui prie.

Quelque temps après son départ, on reçut la triste
nouvelle que le navire sur lequel il s'était embarqué
avait été pris par des corsaires ; mais personne ne
pouvait dire ce que l'infortuné voyageur était devenu.

Antoine, ayant achevé fidèlement et loyalement son
apprentissage, devint lui-même commis, et, à force
de travail, d'habileté et d'économie, il amassa quelque argent.

Il apprit enfin que son père était esclave en Turquie. A l'instant même il prit la résolution d'aller le
délivrer : il rassembla tout l'argent qu'il avait économisé ; il vendit ses meilleurs vêtements et tout ce
qui pouvait être de quelque valeur pour épargner les
frais du passage, il s'engagea comme mousse à bord
d'un bâtiment qui partait pour l'Orient ; en un mot,
il fit si bien qu'il arriva un jour en Turquie, et alla
solliciter le rachat de son père chez le riche musulman qui tenait ce dernier en esclavage.

Mais le musulman exigea une si grosse somme
d'argent, que tout ce qu'Antoine avait apporté en
formait à peine la moitié.

« Eh bien, dit alors l'excellent fils, prenez-moi
donc pour votre esclave et rendez mon père à la
liberté. Je suis jeune, et je puis vous rendre plus de
services que ne le peut un homme qui est déjà vieux. »

Aussitôt le maître ordonna qu'on amenât le captif,
qui s'élança vers son enfant et le serra sur son cœur
sans pouvoir proférer une seule parole. Tous deux
fondirent en larmes. Mais quand le père entendit que
son fils voulait le remplacer comme esclave, il pleura
plus fort encore, et refusa obstinément de consentir
à l'échange.

Alors Antoine s'écria d'une voix entrecoupée de sanglots :

« O mon père bien-aimé, non-seulement je suis prêt à porter pour vous la chaîne d'esclave, mais je le suis même à donner ma vie pour vous. Prenez l'argent de la rançon que j'ai apporté; qu'il vous serve à faire le voyage pour retourner dans notre pays, et que Dieu vous conserve ! »

A ces paroles, le musulman se sentit ému jusqu'au fond du cœur, et dit à Antoine :

« Tu es un digne et noble fils. Je rends la liberté à ton père sans exiger de rançon, et je te donne autant d'argent qu'il t'en faut pour fonder toi-même une maison de commerce; car tu as agi comme un bon fils doit agir envers son père, selon la volonté de Dieu. »

> Un fils pieux, avec amour,
> Pour ses parents se sacrifie.
> Même il donne jusqu'à sa vie
> Pour ceux dont il reçut le jour.

IV

LES BONS FRÈRES

A l'époque de la moisson, deux vigoureux jeunes gens descendirent de la montagne et vinrent dans la plaine chercher de l'ouvrage. Ils dirent à un riche métayer :

« Nous vous aiderons, pendant toute la durée de

la moisson, à rentrer votre récolte, si vous nous donnez la nourriture et que vous nous payiez en sus quarante francs.

— Quarante francs! c'est bien trop, répondit le métayer. Je pense que trente francs suffiraient.

— Non, repartirent les jeunes gens; pour nous tirer d'embarras, il faut que nous ayons quarante francs, pas un centime de moins. Si vous ne voulez pas nous donner cette somme, nous allons de ce pas offrir nos services ailleurs.

— Et pourquoi donc vous·faut-il tant d'argent? demanda le laboureur.

— Tenez, répliquèrent-ils, nous avons à la maison un frère plus jeune que nous. Il a quatorze ans, et il est temps qu'il apprenne un métier. Or, nous connaissons un habile charron qui consent à l'admettre dans son atelier, mais qui exige que nous lui payions d'avance quarante francs pour le prix de l'apprentissage. Une si grosse somme, notre vieux père ne sait où la trouver. Nous nous sommes donc proposés, nous les plus âgés de la famille, d'aller gagner cet argent.

— Eh bien, reprit le métayer, par égard pour votre amour fraternel, je vous donnerai quarante francs, si vous travaillez de manière que je sois content de vous. »

Pendant les brûlantes journées de la moisson, les deux frères travaillèrent avec une ardeur infatigable et à la sueur de leur front. Le matin, ils étaient les premiers sur pied, et, le soir, ils étaient les derniers à se livrer au repos.

Quand toute la récolte fut heureusement rentrée, le métayer leur compta les quarante francs et leur dit:

« Vous avez gagné votre salaire comme d'honnêtes garçons ; voilà en sus pour chacun de vous une pièce de cinq francs. »

Enfants du même Dieu, tous les hommes sont frères.
　　Sans suivre des routes contraires,
Dans le même chemin marchons toujours unis,
　　Et de Dieu nous serons bénis.

V

LES FRÈRES BIEN DIFFÉRENTS

1

Valentin, qui était un garçon très-étourdi, emmena son jeune frère Philippe à la rivière ; il entra avec lui dans une petite barque et la poussa loin du bord. Bientôt la nacelle, entraînée par la force du courant, alla se heurter à un rocher qui se trouvait au milieu de l'eau et elle s'entr'ouvrit au même instant. L'aîné savait nager ; mais il s'épuisa en efforts inutiles pour grimper sur le rocher, escarpé de tous côtés, tandis que le cadet était emporté par les flots.

Un pêcheur, qui avait entendu les cris des deux enfants, accourut, sauta dans la rivière et nagea du côté de Philippe, au péril de sa propre vie. Il eut le bonheur de l'atteindre, le ramena au rivage et se réjouit de tout son cœur de l'avoir sauvé.

Gloire à l'homme qui se dévoue
Pour le salut de son prochain!
Le monde l'admire et le loue,
Et Dieu le bénit de sa main.

2

Tandis que le brave pêcheur arrachait le petit Philippe à une mort certaine, Valentin se noya et disparut dans les flots.

Dans ces entrefaites, plusieurs gens qui travaillaient aux champs étaient accourus sur le bord de la rivière. Ils demandèrent au pêcheur :

« Ne pouvant les arracher tous les deux à la mort, pourquoi as-tu risqué ta vie à aller de préférence au secours de celui-ci? Car l'autre, tu aurais pu le sauver avec moins de peine et avec moins de danger aussi. »

Le pêcheur leur répondit :

« Cet étourdi de Valentin, qui a eu le malheur de se noyer, m'a souvent volé des poissons et des écrevisses et a plus d'une fois rompu mes filets. Quel contraste avec le bon Philippe! Pendant les longues semaines où, souffrant d'une blessure que je m'étais faite à la jambe, je ne pouvais me livrer à l'exercice de mon métier, celui-ci m'apportait presque chaque jour le pain de son souper et toujours le dimanche l'argent de ses menus plaisirs. Comment donc aurais-je pu ne pas songer d'abord à sauver un enfant qui a été si bon et si charitable à mon égard? »

Des souffrances d'autrui faisons toujours les nôtres;

Du vrai chrétien telle est la loi.
Sois charitable envers les autres,
Et les autres aussi le seront envers toi.

VI

LA SŒUR PIEUSE

Le petit Jacques et la petite Anna se trouvaient un jour seuls à la maison. Jacques dit à sa sœur :

« Viens, nous allons chercher dans la maison quelque chose de bon à manger, et nous nous régalerons bien. »

Anna lui répondit :

« Si tu peux me conduire dans un endroit où personne ne puisse nous voir, je t'accompagnerai.

— Eh bien, reprit le premier, nous irons dans la laiterie et nous y mangerons une jatte d'excellente crème.

— Oh! non, repartit la seconde, le voisin, qui coupe du bois dans la rue, pourrait nous voir aisément.

— Tu as raison, répliqua Jacques. Mais écoute, viens dans la cuisine. Je sais qu'il y a dans le garde-manger un grand pot tout rempli de miel. Nous y tremperons notre pain.

— Là aussi, objecta la petite fille, nous serons épiés par la voisine qui est assise à sa fenêtre et qui file sa quenouille.

— C'est vrai, continua le petit garçon ; en ce cas, allons dans la cave où il y a d'excellentes pommes et où il fait si obscur que certainement personne ne nous y verra. »

Alors Anna reprit :

« O mon cher frère, crois-tu réellement que personne ne puisse nous surprendre dans la cave ? Ne sais-tu donc pas qu'il y a là-haut un œil qui voit à travers les murailles et dans l'obscurité la plus profonde ? »

A ces paroles, Jacques fut saisi de peur et il s'écria :

« Ah ! tu as raison, ma chère Anna. L'œil de Dieu nous voit, même dans les endroits où nous sommes cachés à tous les regards humains. C'est pourquoi gardons-nous de faire le mal en quelque lieu que ce soit. »

Anna se sentit tout heureuse en voyant Jacques se rendre, sans hésiter, aux paroles qu'elle venait de lui dire, et elle lui donna une belle image qu'elle avait dans son livre de prières. Sur cette image était représenté l'œil de Dieu, entouré de rayons, et au-dessous on lisait ces vers :

« En quelque lieu qu'on soit, ou le jour ou la nuit,
L'œil éternel de Dieu nous observe et nous suit. »

VII

LES DEUX SŒURS BIEN UNIES

Une dame, qui était très-riche et qui n'avait pas d'enfants, avait adopté une pauvre orpheline. La jeune fille était fort pieuse, docile, laborieuse, toujours affectueuse et gaie.

Un jour, sa protectrice lui dit :

« Thérèse, puisque tu es si sage, je veux te donner une robe neuve pour le prochain jour de Noël. J'en ai déjà parlé à la marchande d'étoffes. Tiens, voilà de l'argent, va prendre l'aunage nécessaire de mérinos de ce beau bleu de ciel que tu aimes tant. »

En disant ces mots, la dame lui remit plusieurs pièces de cinq francs. Mais Thérèse, en regardant l'argent, répondit :

« O ma mère bien-aimée, j'ai déjà assez de robes. D'ailleurs, ma sœur Françoise est loin d'être aussi heureuse que moi. Elle est vêtue bien misérablement, et elle serait triste peut-être si elle me voyait encore une nouvelle toilette. Seriez-vous assez bonne pour me permettre de lui envoyer une partie de cet argent? Elle m'aime tant, vous le savez. Lorsque je suis tombée malade, elle est accourue tout de suite et elle n'a cessé de me soigner jusqu'à mon complet rétablissement.

— Excellente enfant, lui dit alors la dame, écris à ta sœur qu'elle vienne te voir. Je veux vous donner à chacune une robe neuve ; et, comme vous avez la même affection l'une pour l'autre, je veux que vous ayez toutes deux une robe de la même étoffe et de la même couleur. »

De l'amour fraternel le lien pur et doux
Qui rapproche les cœurs unis par la tendresse,
   C'est Dieu lui-même qui le tresse.
Aimez-vous donc les uns les autres, aimez-vous.

VIII

LA PIEUSE GRAND'MÈRE

Lors de la dernière guerre, les habitants d'une maison isolée se trouvaient dans une grande inquiétude ; car, vers l'entrée de la nuit, ils avaient appris que l'ennemi s'avançait dans la contrée. Enfin, l'obscurité devint complète. On entendait de moment en moment retentir des coups de canon, tandis qu'on voyait à l'horizon des lueurs rouges comme du sang se refléter dans les nuages : c'était la lumière des incendies que l'ennemi avait allumés dans les villages voisins. Comme on était au milieu de l'hiver, il faisait très-froid et le vent soufflait avec une violence extrême. Les bonnes gens craignaient qu'on ne pillât leur maison et qu'on ne les chassât de leur demeure précisément à l'époque la plus rigoureuse de l'année.

La pieuse et vieille grand'mère était la seule qui ne désespérât point et qui montrât un grand courage et une complète confiance en Dieu. Elle tenait à la main son livre de prières et récitait à ses enfants et à ses petits-enfants une oraison où se trouvaient ces mots : « Seigneur, daignez élever une solide muraille pour tenir les ennemis éloignés de cette demeure. »

L'un de ses petits-enfants, qui l'avait écoutée avec une grande attention, lui dit :

« Mais n'est-ce pas trop exiger du bon Dieu que

de lui demander de construire une muraille autour de notre maison? Peut-on dans une prière lui demander des choses impossibles?

.— Mon enfant, lui répondit la grand'mère, les paroles que je viens de lire, il ne faut pas les prendre ainsi à la lettre. Elles veulent dire : « Que Dieu daigne nous défendre contre les ennemis comme si notre maison était entourée d'une muraille. Pourtant, si Dieu voulait réellement bâtir une muraille pour nous protéger, crois-tu que cela lui serait impossible? »

Cependant la nuit s'écoula sans que les soldats ennemis se fussent approchés de la maison. On en fut grandement étonné. Mais, quand le lendemain matin on se hasarda à mettre la tête à la porte, on remarqua que, du côté même par où les ennemis étaient venus, le vent avait chassé la neige et l'avait accumulée de façon à former une épaisse barrière.

Aussi toute la famille en rendit-elle grâces à Dieu. Alors la grand'mère dit :

« Vous le voyez, Dieu a élevé lui-même l'obstacle qui a empêché les ennemis de s'approcher de notre maison. Il est bon et miséricordieux; sa sollicitude ingénieuse trouve toujours des moyens pour sauver ceux qui sont dans la détresse. C'est pourquoi gardons-nous de nous laisser aller au découragement et au désespoir. Moi, du moins, je suis convaincue de cette vérité que :

Au pouvoir du Seigneur toute chose est faisable.
Confondre les méchants pour lui ce n'est qu'un jeu.
Aussi, se confier en Dieu
Ce n'est point bâtir sur le sable. »

IX

LE PAGE

Un jeune page, nommé Auguste, avait été désigné pour être de garde pendant la nuit dans l'antichambre du roi. Or, cette nuit-là, le roi, ne pouvant dormir, sonna pour se faire apporter un livre.

Mais Auguste s'était profondément endormi, et il n'entendit pas le coup de sonnette. Le roi sonna à plusieurs reprises et chaque fois plus fort; mais il eut beau faire, personne ne vint. Enfin il sortit lui-même de sa chambre à coucher et entra dans l'antichambre.

Auguste, qui était encore très-jeune, continuait à dormir d'un profond sommeil. Il était assis à un pupitre sur lequel brûlait une bougie, et devant lui se trouvait une lettre qu'il n'avait pas encore entièrement achevé d'écrire.

Le roi lut la lettre, qui commençait en ces termes :

« Ma chère mère, voilà déjà la troisième nuit que je me suis chargé de faire la garde pour les autres pages. Je ne puis presque plus me tenir debout, tant je suis fatigué. Mais je me réjouis d'avoir en peu de semaines gagné de cette manière cinquante francs. Je m'empresse de vous les envoyer, chère mère, afin qu'ils vous procurent quelque soulagement dans le dénûment où vous vous trouvez. »

Ce trait d'amour filial fut extrêmement agréable au

monarque, qui alla prendre dans son cabinet un rouleau de pièces d'or et revint le glisser doucement dans la poche de l'habit de ce bon fils; car il était convaincu qu'Auguste enverrait ce cadeau à sa mère. Ensuite il alla se livrer au repos.

Quand le jeune page se réveilla et qu'il trouva dans sa poche le rouleau de pièces d'or, il comprit tout de suite quelle main lui avait fait ce riche cadeau. Aussi, lorsque, au matin, le roi sortit de sa chambre à coucher, Auguste se jeta à ses pieds, le remercia de ce magnifique présent et lui demanda pardon d'avoir manqué à son devoir en s'abandonnant au sommeil.

Le monarque loua la piété filiale du brave jeune homme, et dès ce moment il eut en lui la plus grande confiance. Plus tard il l'éleva à de hautes dignités. Quant à Auguste, les différentes fonctions qui lui furent confiées, il les remplit de la manière la plus consciencieuse par crainte de Dieu et par dévouement pour le roi.

> L'amour qu'un enfant porte aux auteurs de sa vie,
> Cet amour noble et plein de dévoûment,
> Il l'entretient aussi fidèlement
> Pour son Dieu, pour son roi, comme pour sa patrie.

X

L'HEUREUX BERGER

Un jeune et joyeux berger faisait, par une belle matinée de printemps, paître son troupeau dans un

vallon émaillé de fleurs et encaissé entre des monta
gnes boisées. D'une gaieté extrême, il ne faisait que
chanter et sauter. Le prince qui gouvernait le pays,
chassant un jour dans le voisinage de ce vallon, aperçut le jeune berger et, l'ayant fait approcher, lui
parla en ces termes :

« Pourquoi donc, mon ami, es-tu si joyeux? »

L'enfant, sans savoir à qui il parlait, répondit :

« Et pourquoi ne serais-je pas joyeux? Notre gracieux souverain n'est pas plus riche que moi.

— Vraiment! repartit le prince. En ce cas, voyons
quelles sont tes richesses? »

Le petit berger répliqua :

« Le soleil, que vous voyez là-haut dans ce beau
ciel bleu, brille aussi gaiement pour moi que pour
notre maître. La montagne et la vallée se parent de
verdure et de fleurs autant pour moi que pour lui.
Mes deux mains, je ne les donnerais pas pour deux
cent mille francs; et mes deux yeux, toutes les richesses du trésor du prince ne pourraient les payer.
D'ailleurs, j'ai tout ce que je puis souhaiter, car mes
désirs ne vont pas au delà de mes besoins. Je mange
chaque jour selon mon appétit, je suis vêtu convena-
blement, je reçois annuellement pour ma peine et
mon travail autant d'argent qu'il m'en faut. Et maintenant pouvez-vous dire que notre souverain soit plus
riche que moi? »

Le bon prince sourit. Puis il se fit connaître et dit :

« Tu as raison, mon petit ami, et tu peux ajouter
que ton souverain lui-même t'a donné raison. Conserve toujours ton heureuse gaieté. »

Contentement passe richesse.

C'est un bonheur de véritable aloi.
Il contient tout, la gaîté, la sagesse,
Et par lui le berger est plus heureux qu'un roi.

XI

LE TRÉSORIER DU ROI

Un trésorier royal était accusé devant son maître de détourner les deniers de l'État et de cacher dans un souterrain, fermé par une porte de fer, l'argent et les objets précieux qu'il dérobait.

Le roi se rendit au palais qu'habitait son trésorier; là, il se fit montrer la porte de fer et ordonna qu'on la lui ouvrît. Mais quel fut son étonnement lorsqu'il entra dans le souterrain! Il n'y vit rien que les quatre murs, une table grossière et une chaise de paille. Sur la table se trouvaient un chalumeau, une houlette de berger et une panetière; par l'unique fenêtre qui éclairait ce lieu, la vue s'étendait sur de vertes prairies et sur des montagnes couvertes de bois.

En voyant l'étonnement du roi, le trésorier lui dit : « Dans ma jeunesse je gardais les moutons, et c'est vous, ô mon roi, qui m'avez appelé à votre cour. Or, je passe chaque jour une heure dans ce souterrain, et je me réjouis au souvenir de mon premier état, en répétant les cantiques que je chantais autrefois, auprès de mes moutons, à la gloire du Créateur. Hélas! si pauvre que je fusse alors, j'étais bien plus heureux dans l'humble chaumière de mon père, que je ne le suis aujourd'hui dans ce palais, au milieu des richesses dont votre faveur a daigné me combler. »

Un cœur pieux et satisfait
Du sort que le bon Dieu lui fait,
Un cœur où la sagesse abonde
Rend l'homme plus heureux que tous les biens du monde.

XII

LE PETIT VANNIER

Le jeune Édouard avait des parents qui possédaient une grande fortune. Se fiant sur les richesses dont il devait hériter un jour, il s'obstinait à ne vouloir point travailler, tandis que le petit Jacques, enfant d'une pauvre famille du voisinage, s'appliquait avec ardeur à apprendre l'état de vannier.

Un jour, Édouard, assis sur le bord de la rivière, pêchait à la ligne pour passer le temps. Jacques se trouvait non loin de là ; il venait de couper une botte de tiges d'osier et se disposait à la porter à sa maison. Mais au même instant une troupe de corsaires, qui s'étaient cachés entre les arbres, s'empara des deux enfants et les entraîna vers un vaisseau pour les emmener et les vendre comme esclaves.

Quand les pirates eurent mis en mer, une horrible tempête survint qui chassa bien loin leur navire et le brisa sur les rochers d'une île. Les deux enfants atteignirent seuls le rivage de l'île qui était habitée par des nègres d'une grande férocité.

Jacques pensa que son talent lui ferait peut-être trouver grâce devant eux. Il tira donc son couteau de sa poche, coupa quelques tiges d'osier et commença à tresser une charmante petite corbeille. En ce moment, plusieurs nègres, hommes, femmes et enfants, s'approchèrent et se mirent à le regarder avec une vive curiosité.

Quand l'ouvrage fut terminé, il le donna à celui qui paraissait être le chef. Dès lors tous les sauvages, grands et petits, témoignèrent le désir de posséder une corbeille semblable. Ils donnèrent à Jacques une cabane, ombragée d'arbres à fruits, afin qu'il pût travailler à son aise, et lui promirent, en outre, de lui fournir des provisions en abondance.

Ils voulurent ensuite qu'Édouard fît aussi une corbeille. Mais, quand ils virent qu'il en était incapable, ils le rouèrent de coups; ils l'eussent peut-être mis à mort si Jacques n'avait intercédé en sa faveur. Cependant ils ordonnèrent à Édouard de donner son habit de velours à Jacques et de revêtir la blouse grossière de celui-ci, de lui servir de domestique et d'aller couper l'osier dont le petit vannier avait besoin pour tresser des corbeilles.

> Qui s'exerce au travail la main
> N'a pas à craindre la misère.
> Où qu'il se trouve sur la terre,
> Il gagnera partout son pain.

XIII

LE PETIT PÊCHEUR

Un jeune vaurien, appelé Denis, s'était mis en tête de voler un poisson. Il se glissa un jour furtivement vers un vivier qui était abondamment fourni et qui se trouvait non loin du village. Il plongea le bras dans l'eau aussi profondément qu'il put et fouilla longtemps çà et là.

« Ah! s'écria-t-il, voilà que je tiens enfin un superbe poisson ; c'est, sans doute, une anguille. »

Il retira le bras et vit se tordre autour de sa main une hideuse vipère d'eau. Saisi d'effroi, il poussa un cri, rejeta au même instant le reptile dans le vivier et voulut s'enfuir. Mais, au moment où il se retourna, il eut un nouveau sujet de frayeur : en face de lui se trouvait Jacques, vieux pêcheur à qui le vivier appartenait.

« Cette fois, lui dit le pêcheur, il me suffit de la double peur que tu viens d'éprouver. Mais retiens au moins cette bonne leçon d'un vieillard : Aie toujours autant d'horreur d'un bien mal acquis que d'un reptile venimeux ; un poisson volé se transforme en une vipère dans la main du voleur. Car :

Le vol est un horrible vice;
Et malheur à celui qui s'y laisse emporter!
Le bien acquis par l'injustice
Ne peut jamais nous profiter. »

XIV

LES SERVANTES PARESSEUSES

Une laborieuse ménagère avait coutume de réveiller dès l'aube, au premier chant du coq, ses servantes, afin qu'elles se missent à l'ouvrage. Celles-ci se mirent fort en colère contre l'oiseau matinal et lui coupèrent la tête, afin de pouvoir dormir plus longtemps. Mais leur maîtresse avait le sommeil très-léger, et, comme, depuis la mort du coq, elle ne savait plus l'heure qu'il était, il lui arriva d'appeler ses servantes chaque matin de meilleure heure, quelquefois même à minuit.

Ainsi que dit un proverbe banal,
« Contre soi-même insensé qui conspire! »
Pour éviter un petit mal
Parfois on tombe dans un pire.

XV

LA PETITE VANITEUSE

Un dimanche matin, Philippine, qui avait mis sa plus belle robe, vint sur le seuil de sa maison. En ce moment un étranger causait précisément avec le voisin.

Lorsque la petite fille parut, il s'écria :

« Oh ! comme elle est charmante ! Comme elle est fraîche et quel bel incarnat ! »

Croyant que c'était d'elle qu'il parlait, Philippine lui fit une gracieuse révérence et le remercia par un sourire non moins gracieux de sa flatteuse exclamation.

Mais le voisin lui dit :

« Ce n'est pas à vous, vaniteuse et pâle enfant, que ces paroles s'adressaient ; c'est à la belle rose que vous avez mise à votre ceinture. Cette rose est la première que nous ayons vue cette année. »

> Toujours la sotte vanité
> Nous rend aveugle sur nous-même.
> Mais on récolte ce qu'on sème,
> Et c'est la ridiculité.

XVI

LA PETITE ORGUEILLEUSE

Albertine, qui habitait un magnifique château seigneurial, se montrait fort orgueilleuse du rang élevé
qu'elle occupait dans le monde.

Un jour, Marie, la fille d'un pauvre maçon, vint la
trouver et lui dit :

« Mon père, qui est à la dernière extrémité, vous
prie de venir le voir; car il a quelque chose de fort
important à vous confier. »

Albertine lui répondit d'un ton moqueur :

« La chose doit réellement être fort importante,
puisqu'un homme si pauvre veut que je lui fasse
l'honneur de me déranger pour lui. Va-t'en, je n'ai
rien à faire dans ta misérable chaumière.»

Quelques moments après, Marie revint tout essoufflée à force d'avoir couru.

« Oh! ma chère demoiselle, lui dit-elle, hâtez-vous
de venir. Feu Mme la baronne, votre mère, a fait
pendant la guerre, déposer dans une cachette ma-
çonnée une grande quantité d'or et d'argent; mais
elle a recommandé à mon père de n'indiquer l'endroit
à personne au monde, si ce n'est à vous lorsque vous
auriez atteint l'âge de vingt ans. Maintenant mon
père est à l'article de la mort et il ne peut pas attendre jusque-là. »

A ces mots, Albertine courut aussi vite qu'elle put

à la chaumière du maçon. Hélas! quand elle entra
dans la chambre du malade, il avait déjà rendu le
dernier soupir.

Elle manqua de défaillir de chagrin et de dépit!
Elle fit sonder partout les murs du château et fouiller
de tous côtés les souterrains; mais elle ne trouva pas
la moindre trace de l'argent caché.

Oh! comme elle regretta alors d'avoir affligé l'honnête ouvrier à ses derniers moments, et d'avoir perdu
par sa propre faute un grand trésor! A la vérité, ce
repentir, qui lui était dicté par son égoïsme et son
avarice, n'avait rien de bien touchant; cependant elle
n'en comprit pas moins la vérité de cette maxime:

> L'orgueil nous endurcit le cœur.
> En méprisant autrui l'on se rend méprisable.
> Et nous montrer hautains envers notre semblable,
> C'est préparer souvent notre propre malheur.

XVII

L'ADROITE SERVANTE

Hélène était fort habile dans tous les travaux domestiques; mais elle en tirait une trop haute opinion
d'elle-même. Sa mère lui trouva un service chez une
riche fermière et lui dit en la quittant :

« Prie Dieu tous les jours afin qu'il te rende heureuse et te bénisse dans ton service.

— Oh! je n'ai pas peur, lui répondit Hélène : car

je puis avoir confiance dans mon adresse, qui me ti-
rera toujours d'affaire. »

Dès la première matinée, Hélène, voulant allumer
le feu, passa vainement une demi-heure à battre le
briquet. Enfin elle courut chez la voisine demander
de la lumière. Mais, en revenant, elle glissa sur le
pavé, et dans sa chute elle brisa la lanterne. Cet accident lui valut une première réprimande; cependant
elle se justifia en disant qu'à cause du dégel l'ama-
dou était devenu trop humide pour prendre feu, et
qu'il y avait du verglas dans la rue.

La jeune servante fut chargée ensuite d'aller prendre au grenier un petit panier rempli d'œufs. Au moment où elle le prenait, une souris, qui s'était cachée
derrière, sauta tout à coup en avant. Hélène s'effraye,
la corbeille lui échappe de la main, et voilà que tous
les œufs se brisent en tombant. La fermière, que
l'accident arrivé à la lanterne avait déjà mise de mauvaise humeur, fit cette fois peu d'attention à la justi-
fication de la jeune fille et lui donna une semonce
plus dure encore que la première.

Un peu plus tard, Hélène, portant sur la tête un
pot de lait qu'elle venait de traire dans l'étable et
qu'elle tenait avec la plus grande précaution, voulait
entrer dans la maison. Un gros glaçon, détaché du
toit, tomba sur le pot et le mit en pièces. Lorsque la
jeune fille tout arrosée de lait, entra dans la chambre,
la fermière s'emporta tellement qu'elle ne lui permit
pas de prononcer un mot et qu'elle la renvoya à l'instant même, comme une maladroite et une étourdie
dont on ne pouvait rien faire.

Hélène retourna à la maison, toute confuse et les
yeux baignés de larmes.

« Tu vois maintenant, lui dit sa mère, combien il est nécessaire de demander au ciel de nous assister en tout ce que nous faisons. Mille petites circonstances échappent à notre prévoyance, et Dieu seul peut les diriger de telle manière qu'elles ne nous deviennent pas nuisibles ou qu'elles tournent à notre avantage. »

> Quoi que l'homme veuille entreprendre,
> Que peut-il de lui seul attendre ?
> Il ne réussira jamais
> Si Dieu ne l'aide en ses projets.

XVIII

LE MALICIEUX

Un jeune villageois, qui s'appelait André et qui était aveugle, sortait un jour de l'église pour retourner à la maison. Il se dirigeait au moyen de son bâton et marchait avec prudence. Un autre garçon du village, Lucas, qui était un méchant moqueur, le raillait sans pitié.

« Voulez-vous faire un pari? lui criait-il. Je gage quarante francs que je cours plus vite que vous. »

L'aveugle lui répondit :

« J'accepte votre proposition, si vous me laissez choisir le chemin que je connais et l'heure qui me convient. »

Lucas, en riant aux éclats, tint le pari et prit à témoin tous les assistants.

18

Alors André reprit :

« Eh bien ! ce soir à minuit juste, nous partirons d'ici pour aller à la ville ; celui qui y arrivera le premier aura gagné les quarante francs. »

Quand minuit sonna à l'horloge du village, les deux parieurs se mirent en route. La nuit était fort obscure, et le chemin qu'ils devaient suivre passait par une épaisse forêt. André, qui ne distinguait pas entre le jour et la nuit, atteignit la ville avant même que l'aube fût venue. Quant au malicieux Lucas, il s'égara dans la forêt, tantôt se heurtant à un tronc d'arbre, tantôt roulant dans un ravin, tantôt s'embarrassant dans les épines ; enfin il n'arriva à la porte de la ville que lorsque le soleil était déjà depuis longtemps levé.

Il fut forcé de payer les quarante francs, et tout le monde disait dans le village :

« Voilà qui est bien ! Il méritait d'être puni plus sévèrement encore. »

> Ne raille pas les malheureux,
> Ne ris jamais de leurs misères.
> Car les malheureux sont nos frères.
> Dieu les aime et veille sur eux.

XIX

L'ÉCOUTEUR AUX PORTES

Anselme avait un grand défaut ; il était d'une curiosité extrême. Sa famille le reprenait souvent à ce

sujet, mais elle ne gagnait rien par ses remontrances. Un soir, son père reçut dans son jardin la visite
d'un bourgeois qui était venu de la ville et qui avait
à lui parler en secret d'une affaire importante. Le
père entra avec l'étranger dans le pavillon du jardin
et en ferma la porte. Aussitôt son incorrigible fils
s'approcha sur la pointe des pieds et alla coller une
de ses oreilles au trou de la serrure. Mais au même
instant il éprouva quelque chose d'étrange dans l'o-
reille. Il crut y sentir remuer un insecte ; bientôt
après il éprouva une douleur si vive qu'il poussa un
cri et qu'il fut sur le point de défaillir.

Au cri qu'Anselme avait jeté, le père et l'étranger
sortirent du pavillon tout saisis d'effroi. On fit immédiatement chercher le médecin, qui se mit à seringuer
l'oreille d'Anselme ; bientôt on en vit sortir un perce-
oreille qui s'était caché dans le trou de la serrure et
qui de là s'était glissé dans la tête de l'enfant.

Alors le père dit à son fils :

« Te voilà puni de ta curiosité. Que cela te serve de
leçon pour l'avenir. Des insectes bien pires encore
que des perce-oreille se glissent parfois dans l'esprit
et dans le cœur de ceux qui écoutent aux portes : ce
sont les mésintelligences, les haines et les inimitiés.
Il faut que tu te corriges de ce défaut, si tu veux un
jour devenir un honnête homme. »

> Souvent à l'écouteur aux portes
> Souvent il en arrive ainsi.
> Des insectes de toutes sortes
> Le piquent à l'oreille aussi.

XX

LA MÉNAGÈRE SOIGNEUSE

Un tonnelier de la ville était venu dans un village afin d'y raccommoder quelques tonneaux appartenant à une auberge qui portait l'enseigne du Soleil. Quand il eut fini son travail, il entra dans la salle, et l'hôtesse lui présenta un verre de bière.

« Eh bien, madame, comment vont les affaires ? lui demanda le tonnelier.

— Pas trop bien, répondit la femme ; car les gens de la ville qui viennent se promener par ici entrent presque tous chez mon voisin, l'hôte de l'Étoile. Quoique ma bière soit bien certainement meilleure que la sienne, ils la dédaignent. Je ne sais à quoi cela peut tenir. »

Le tonnelier lui répondit :

« Je pourrais bien vous le dire, madame, si j'étais sûr de ne pas vous fâcher.

— Parlez, répliqua la cabaretière ; je regarderai plutôt ce que vous allez me dire comme une preuve d'amitié.

— Eh bien, reprit le tonnelier, je vais vous parler franchement. L'aubergiste de l'Étoile n'a certainement pas d'aussi bonne bière que la vôtre ; mais ses verres sont toujours bien rincés et clairs comme le cristal. Si l'hôtesse du Soleil a de la bière infiniment meilleure, ses verres sont toujours malpropres et salis par les mouches. Or, quelque agréable que puisse être la boisson, elle ne saurait flatter le goût dans un verre qui n'est pas soigneusement rincé. Veillez donc, madame, à ce que vos verres soient aussi propres que votre bière est bonne ; veillez aussi à ce que vos vitres, vos tables et votre plancher soient bien lavés, et vous verrez bientôt les chalands accourir en foule chez vous. »

L'aubergiste prit ces paroles à cœur. A l'instant même, on commença à laver les tables et les vitres, à balayer le plancher, à rincer les litres et les verres ; tous les ustensiles furent nettoyés ; on ne souffrit plus la moindre malpropreté dans la maison. Quand les gens de la ville furent informés du changement qui venait de s'opérer dans l'auberge, ils y accoururent en foule pour boire d'excellente bière dans des verres bien clairs et dans une salle bien propre ; souvent même ils y vinrent en si grand nombre que la maison pouvait à peine les contenir.

« Vous voyez, mes enfants, disait plus tard l'hôtesse à ses fils et à ses filles, l'effet du soin et de l'ordre. Il nous a procuré du bien-être et du contentement, tandis que la malpropreté nous avait déjà conduits au bord de l'abîme. »

Dans ta maison toujours avec un soin extrême,
Si tu veux prospérer, garde la propreté ;
    Et dans ton cœur la pureté,
    Si tu veux que le bon Dieu t'aime.

XXI

PAUVRETÉ ET BIENFAISANCE

Chaque jour, avant de s'asseoir à son rouet, une pauvre veuve, nommée Cunégonde, avait coutume de s'agenouiller dans sa petite chambre et de dire avec la plus grande dévotion sa prière du matin; ensuite elle lisait quelques-unes des belles maximes qui se trouvaient dans son livre d'heures.

Un jour, comme ses yeux étaient tombés sur un touchant passage qui concernait les œuvres de charité, elle se mit à y réfléchir avec une grande émotion.

« Mon Dieu, disait-elle, comment pourrais-je venir en aide à mon prochain? Pour me procurer le strict nécessaire, je n'ai rien au monde que mon rouet: c'est à grand'peine qu'à force de travail je gagne mon pain quotidien. L'hiver est à nos portes, et je n'ai pas même le bois qu'il me faudrait pour me réchauffer. Dans la chambre glaciale que j'habite, mes doigts sont déjà tellement engourdis par le froid, qu'il ne m'est presque plus possible de filer. En outre, mon loyer n'est pas encore entièrement payé. Hélas! j'aurais moi-même besoin du secours des riches. »

Cependant elle se mit à songer comment elle pourrait faire quelque acte de charité. Alors elle se rappela qu'une de ses amies d'enfance, qui habitait à l'autre extrémité de la ville et qui était pauvre et vieille, se trouvait alitée en ce moment.

« Je veux l'aller visiter aujourd'hui, se dit-elle. Je pourrai filer chez elle aussi bien qu'ici, et peut-être trouverai-je quelque parole de consolation pour celle qui souffre. »

En disant ces mots, elle se dirigea vers une armoire où il y avait deux pommes qu'elle avait reçues en cadeau; elle les prit pour les porter à la pauvre femme, et partit avec son rouet.

En revoyant son ancienne amie, la malade éprouva une joie extrême.

« Écoute-moi, Cunégonde, lui dit-elle; j'ai récemment hérité de quelques centaines de francs. Ne voudrais-tu pas venir demeurer avec moi et me soigner pendant ma maladie? Tu épargnerais le feu et le loyer, et le produit de ton travail, joint à mon petit héritage, suffirait pour nous donner à vivre à toutes deux. »

Cunégonde accepta avec joie l'offre de son amie, auprès de laquelle elle s'installa sans retard. Dès ce moment, elle put, après bien des jours de détresse et d'inquiétude, jouir de nouveau d'un sommeil calme et tranquille. Aussi répétait-elle souvent cette vérité qui l'avait si profondément touchée :

> « O charité, vertu sublime,
> Par toi le cœur au cœur s'unit.
> Celui que ton esprit anime
> Le bon Dieu l'aime et le bénit. »

XXII

LES BONS VOISINS

Un jeune garçon, fils du meunier du village, s'était aventuré trop près du bord de la rivière. Il y tomba, et il allait se noyer. Mais le maréchal ferrant, qui demeurait de l'autre côté, le vit, se jeta promptement dans l'eau, en retira l'enfant et le porta à son père.

Une année après, un incendie se déclara, pendant la nuit, dans la maison du maréchal. Avant que celui-ci s'en aperçût, elle était déjà presque tout en feu. Cependant, il parvint à se sauver avec sa femme et ses enfants. Seulement, dans le premier moment de frayeur, il ne songea pas à la plus jeune de ses filles.

La petite se mit à crier dans la maison qui était enveloppée de flammes; mais personne n'osait se risquer à l'aller chercher. En ce moment, le meunier accourut, se jeta au milieu des débris enflammés, rapporta heureusement l'enfant, la remit entre les bras du maréchal et lui dit :

« Le ciel soit loué de ce qu'il m'a fourni l'occasion de vous témoigner ma reconnaissance en vous rendant la pareille! Avec l'aide de Dieu, vous avez retiré mon fils de l'eau; moi, j'ai retiré votre fille des flammes. »

> Aidez votre prochain s'il est dans la misère,
>   Et le bon Dieu vous le rendra.
> Celui que vous aurez secouru sur la terre,
> Un jour, dans le besoin, aussi vous secourra.

XXIII

LE RICHE CHARITABLE ET LE PAUVRE RECONNAISSANT

Par une froide matinée d'hiver, un pauvre journalier, qui s'appelait Thomas, regardait la petite provision de bois qu'il avait entassée sous l'avant-toit de sa chaumière.

« Ah! s'écriait-il en levant tristement les yeux vers le ciel, le froid augmente sans cesse et mon bois diminue chaque jour. Je n'en aurai pas assez pour passer ce rude hiver. Seigneur, ayez pitié de moi! »

Dès lors, — chose étrange! — le bois ne diminua plus, et Thomas remercia la Providence qui lui venait si miraculeusement en aide.

En effet, Dieu avait voulu qu'André, fils d'une riche veuve qui demeurait dans le voisinage, vît l'angoisse et entendît la prière du pauvre journalier. Depuis ce moment, le généreux garçon alla, avec l'approbation de sa mère, déposer, chaque nuit, sur le petit tas de bois autant de bûches que le pauvre homme en avait ôtées le jour pour se chauffer. Thomas lui-même s'en aperçut une nuit qu'il faisait clair de lune

Au commencement du printemps, André se mit en voyage. Il revint après plusieurs années d'absence; c'était en automne. Quelle fut sa surprise lorsqu'il entra dans le verger! Au moment de son départ, il y avait laissé, à la vérité, un grande quantité d'arbres, mais tous portant des fruits de mauvaise qualité. Et maintenant tous les arbres étaient chargés des pommes, des poires et des prunes les plus belles.

« Comment cela s'est-il fait ? s'écria André saisi d'étonnement. Il me semble que voilà un vrai miracle. »

Mais sa mère lui raconta que Thomas, voulant se montrer reconnaissant du service qui lui avait été donné par André l'hiver précédent, avait greffé tous les arbres fruitiers et en avait amélioré à ce point les espèces et les produits.

Le fils de la veuve courut aussitôt à la maison du brave journalier, le remercia d'avoir soigné les arbres du verger, et le pria de ne jamais s'adresser à un autre qu'à lui lorsqu'il se trouverait à l'avenir dans le besoin.

« Car, disait-il, envers un homme aussi reconnaissant que vous, on ne saurait se montrer assez généreux. »

Vous à qui Dieu prodigue la richesse,
Votre devoir est d'être bienfaisants.
Vous dont leur charité soulage la détresse,
A votre tour soyez reconnaissants.

XXIV

LA MENDIANTE

Dans un temps de famine, par une rude et froide journée d'hiver, une pauvre femme inconnue était en-

trée dans le village et allait de porte en porte demander l'aumône. Ses vêtement étaient propres, mais tout
usés et rapiécés en divers endroits. Comme la neige
tombait en abondance et que le vent soufflait avec
force, elle avait serré autour de sa tête un mouchoir
qui ne laissait à découvert qu'une partie du visage.
Elle tenait à la main droite un bâton, et au bras
gauche elle portait un panier.

Dans la plupart des maisons on ne lui donnait
qu'une misérable aumône; encore la lui passait-on
simplement par la fenêtre; il se trouva même quelques gens riches qui la renvoyèrent avec dureté. Un
seul villageois, l'un des moins aisés de la commune,
la fit entrer dans sa chambre où régnait une douce
chaleur, et sa femme, qui venait de cuire un gâteau,
en donna un gros morceau à la pauvre mendiante.

Le lendemain, tous les gens à la porte desquels
l'étrangère était venue demander l'aumône, furent in-
vités à souper au château d'un seigneur fort riche qui
habitait le village. Ils ne s'attendaient guère à cet honneur. Et ce fut pour eux un sujet de grand étonnement. Lorsqu'ils entrèrent dans la salle à manger, ils
y virent deux tables, dont l'une était chargée de mets
délicats et choisis; l'autre, beaucoup plus grande,
était couverte d'une quantité d'assiettes sur lesquelles
se trouvaient seulement soit un petit morceau de pain
moisi, soit une couple de pommes de terre, soit une
poignée de son; sur quelques-unes même il n'y avait
rien du tout.

Alors la dame du château leur dit :

« Cette mendiante déguisée qui s'est présenté hier
à votre porte, c'était moi. Dans le temps de détresse
où nous sommes et où le pauvre a tant de peine à

trouver de quoi vivre, j'ai voulu mettre à l'épreuve votre bienfaisance. Les deux braves gens que voici m'ont permis de me réchauffer à leur foyer et m'ont nourrie aussi bien qu'ils l'ont pu. C'est pourquoi ils souperont aujourd'hui avec moi, et je leur ferai une pension pour le reste de leurs jours. Quant à vous autres, régalez-vous des aumônes que vous m'avez faites; vous les trouverez là sur ces assiettes. Que ce qui vous arrive aujourd'hui soit pour vous une utile leçon, et réfléchissez qu'il vous sera fait, dans l'autre monde, selon ce que vous aurez fait, dans celui-ci, à votre prochain. »

Cette histoire est arrivée en Angleterre, et la dame s'appelait lady Grey.

> Un proverbe dit sagement:
> De sa pièce toujours on obtient la monnaie,
> Et qui ne sème que l'ivraie
> Ne peut récolter de froment.

XXV

LE PRINCE FUGITIF

Dans un temps de guerre, un prince, forcé de fuir à l'approche de l'ennemi, n'emmena personne avec lui, si ce n'est un vieux serviteur. De crainte d'être reconnus, ils n'avaient eu garde de mettre leurs habits brodés, et ils s'étaient vêtus avec la plus grande simplicité.

La mendiante.

Un soir, ils arrivèrent fort tard dans une ferme isolée au milieu des montagnes, et ils demandèrent à y passer la nuit. Mais le prince ne put fermer l'œil. Il craignait que l'ennemi ne les surprît ; en outre, il voyait diminuer rapidement le peu d'argent dont il s'était muni à la hâte au moment de prendre la fuite. C'était pour lui une double cause d'inquiétude qui l'empêcha de dormir.

Aussi, vers le milieu de la nuit il se leva, se mit à genoux dans la petite chambre qu'il occupait et pria pendant longtemps en silence. Mais, ne pouvant plus se contenir, il s'écria tout à coup à haute voix en poussant un profond soupir :

« O mon Dieu ! ayez pitié d'un pauvre prince ! »

Le maître de la maison avait entendu ces paroles. Le matin étant venu, il dit au serviteur du fugitif :

« Je sais que votre maître est un grand seigneur. Mais dites-moi pourquoi il est si triste. »

Le serviteur avoua la vérité et pria le fermier de ne pas trahir le prince.

Or, au moment où les deux fugitifs voulurent se remettre en route, le métayer s'approcha respectueusement de son hôte et lui dit les larmes aux yeux :

« Mon prince, la prière que vous avez adressée à Dieu cette nuit, je l'ai entendue ; elle m'a fait connaître votre inquiétude. Faites-moi la grâce d'acepter ces vingt pièces d'or ; vous ne me les rendrez que lorsque vous serez rétabli dans votre fortune. Je vais de plus vous montrer un chemin qui vous mettra bientôt hors des atteintes de l'ennemi. »

Le prince, stupéfait, remercia le généreux fermier ; mais surtout il rendit grâce à Dieu qui, sans faire un miracle, peut exaucer les prières d'un cœur pieux.

Bientôt il arriva sain et sauf auprès d'un souverain qui était de ses parents. Plus tard il devint un homme de guerre célèbre, et rendit au décuple la somme que le fermier lui avait prêtée.

Si vous êtes dans la détresse,
Priez Dieu de tout votre cœur,
Et vous verrez accourir sa tendresse
Au secours de votre malheur.

XXVI

LE JARDINIER GÉNÉREUX

Il y avait un vieux jardinier qui était serviable envers tout le monde et surtout généreux envers les pauvres. Il distribuait aux malheureux qui venaient implorer son assistance plus d'une pièce d'argent qu'il aurait pu employer à acheter de meilleurs vêtements et de plus beaux meubles ou à se procurer quelque plaisir. A chaque aumône qu'il faisait, il avait coutume de dire :

« Allons ! jetons encore une petite pomme par-dessus la haie. »

Un jour, quelqu'un lui demanda ce qu'il voulait dire par ces singulières paroles. Alors il raconta ce qui suit :

« J'admis un jour plusieurs enfants dans mon verger et je leur permis de ramasser les fruits qui se trouvaient au pied des arbres et d'en manger autant qu'ils voudraient; mais je leur défendis d'en mettre aucun dans leur poche et de l'emporter. Cependant un des petits garçons, plus malin que les autres, jeta par-dessus la haie quelques-unes des plus belles pommes, qu'il était bien sûr de retrouver lorsqu'il serait sorti de chez moi. Sans doute, il agissait très-mal à mon égard et je ne lui ai plus jamais permis d'entrer dans mon verger. Cependant, ainsi que l'abeille sait tirer du miel de certaines fleurs vénéneuses, je sus tirer une leçon utile de cette mauvaise action. « Tiens, me disais-je en moi-même, il en est des hommes dans le monde comme il en était des enfants que j'admettais dans mon verger. Nous pouvons jouir des biens d'ici-bas, mais nous ne pouvons rien emporter avec nous. Ce que nous en donnons aux pauvres, nous le jetons en quelque sorte par-dessus l'enclos qui nous sépare du ciel, et nous le retrouverons un jour de l'autre côté, c'est-à-dire dans l'éternité. »

De ce que nous donnons au pauvre, l'Éternel
Nous compose un trésor qu'il garde dans le ciel.

XXVII

LE MARAUDEUR

Colomban était un maraudeur achevé. Pendant une obscure et orageuse nuit d'automne, il profita du moment où tous les gens du village étaient profondément endormis, pour s'introduire furtivement dans le

19

jardin du château. Le long du mur s'étendait en espalier une vigne superbe, au haut de laquelle pen-
daient encore un grand nombre de grappes magnifiques. Colomban grimpa sur le treillage de l'espalier
aussi facilement que sur une échelle ; puis il se mit
à couper avec son couteau les plus belles grappes, et,
les jetant par-dessus l'épaule, en remplit la hotte
qu'il portait sur le dos. Sa joie devenait plus grande
à mesure qu'il sentait augmenter le poids des raisins
qu'il avait dérobés. Mais au moment où la hotte se
trouvait presque pleine, la latte sur laquelle il se tenait se rompit sous le poids dont elle était chargée.
Il fit une chute horrible, tomba sur la pointe de son
couteau et reçut une blessure mortelle.

> Oh ! gardez-vous de mettre au bien d'autrui la main,
>   Car, quelle que soit votre adresse,
>   Vous ne le touchez pas en vain ;
>   C'est un couteau pointu qui blesse.

XXVIII

LE BRIGAND

Un brigand, armé d'un fusil, s'était caché dans les
broussailles pour guetter un riche marchand de blé
qui devait passer dans le voisinage. Le marchand arriva, ayant autour du corps une lourde ceinture remplie d'argent. Aussitôt le bandit arma son fusil et mit
un genou en terre afin de pouvoir mieux ajuster son

coup. Mais il avait posé le genou sur une vipère qu'il n'avait pas aperçue sous les feuilles sèches dont le sol était jonché. Au même instant la vipère se dressa furieuse, s'élança sur lui, et le coup de fusil manqua. Au bruit de la détonation et aux cris lamentables du brigand, le marchand accourut aussi vite qu'il put. Il vit avec horreur ce malheureux étendu par terre et la vipère qui, entortillée autour de son bras et de son cou, le tuait de ses morsures venimeuses.

Ah! s'écria l'infortuné en apercevant le marchand, j'ai bien mérité mon malheur. Au moment où je voulais t'arracher la vie, je trouve moi-même une mort affreuse! »

> Le méchant pense en vain que Dieu ne le voit pas.
> Mais souvent, quand il croit atteindre sa victime,
> Dieu lui vient arrêter le bras
> Et le punit avant le crime.

XXIX

LES TROIS BRIGANDS

Trois brigands tuèrent et dévalisèrent un marchand qui, chargé d'une quantité d'argent et de choses précieuses, voyageait à travers une forêt. Puis ils cachèrent dans leur caverne les trésors dont ils s'étaient emparés, après quoi, le plus jeune se rendit à la ville pour acheter des provisions.

Lorsqu'il fut parti, les deux autres se dirent entre eux :

« Ne ferions-nous pas une grande folie si nous partagions ce riche trésor avec ce drôle? Quand il reviendra, nous le tuerons et sa part sera à nous. »

Chemin faisant, le jeune brigand se disait de son côté :

« Comme je serais heureux si tout ce trésor était à moi! Eh bien, j'empoisonnerai mes deux compagnons, et j'aurai tout le magot pour moi seul. »

Il acheta des provisions dans la ville, mêla du poison au vin et retourna à la forêt.

Au moment où il entra dans la caverne, ses deux complices se jetèrent sur lui et lui portèrent au cœur deux coups de poignard qui le firent tomber mort à leurs pieds. Tranquilles après leur forfait, ils se mirent à manger et à boire du vin empoisonné. Mais bientôt après, ils expirèrent dans d'horribles douleurs, et le hasard les fit découvrir un jour morts au milieu des richesses qu'ils avaient entassées dans leur repaire.

> Dans les sentiers du mal n'engageons point nos pas.
> Ces routes ne sont pas les nôtres.
> Les méchants ne prospèrent pas,
> Et quelquefois les uns font justice des autres.

XXX

L'OGRE

Deux petits garçons de la ville s'étaient égarés au fond d'une vaste forêt. Force leur fut de passer la

nuit dans une auberge isolée et de mauvaise apparence.

Vers minuit ils entendirent parler dans une chambre voisine de celle où ils se trouvaient. Tous deux
appliquèrent l'oreille à la muraille pour écouter ce
qu'on disait. Ils entendirent distinctement ces paroles :

« Femme, tu auras soin d'écurer le chaudron demain de bon matin ; car je veux couper la gorge à nos
deux petits citadins. »

Les pauvres enfants faillirent mourir de peur en
entendant le maître de la maison parler de la sorte et
ils se dirent tout bas l'un à l'autre :

« Mon Dieu ! cet homme est assurément un ogre. »
En disant ces mots, ils s'approchèrent de la fenêtre
et sautèrent dans la cour pour se sauver. Mais, à leur
grande terreur, ils trouvèrent la porte fermée.

N'ayant aucun moyen d'échapper, ils se glissèrent
dans le trou aux porcs et y passèrent le reste de la nuit
dans une anxiété impossible à décrire. Aux premières
lueurs du matin, le maître de la maison entra dans
la cour, ouvrit le trou aux porcs, se mit à aiguiser
son couteau et s'écria :

« Allons, mes petits garçons, sortez de là, car votre dernière heure est venue. »

Les deux enfants poussèrent un cri lamentable et
supplièrent à deux genoux l'homme de ne pas leur
ôter la vie. Fort étonné de les trouver dans l'étable à
porcs, celui-ci leur demanda s'ils le prenaient pour
un ogre.

Les petits garçons lui répondirent en pleurant à
chaudes larmes :

« N'avez-vous pas dit vous-même, cette nuit, à vo-

tre femme, que vous nous couperiez la gorge ce matin ? »

Alors l'aubergiste s'écria :

« Oh ! les petits insensés que vous êtes ! Ce n'est
pas à vous que je pensais dans ce moment-là. Je voulais parler de mes deux cochons de lait, que j'appe-
lais par badinage mes deux petits citadins, parce que
c'est dans la ville que je les ai achetés. Mais voilà
ce qui arrive quand on écoute aux portes ou aux murailles. On comprend mal certaines choses, certaines
autres nous suggèrent de faux soupçons ; on se crée
de vaines inquiétudes et des craintes chimériques,
et l'on s'attire souvent des chagrins qui n'ont pas
d'objet. »

> Parfois à travers la muraille,
>   A travers la porte parfois,
> Amis, les faux soupçons nous font ouïr leur voix,
>   Et les soupçons n'ont rien qui vaille.

XXXI

LE FANTOME

Martin se glissa, vers l'heure de minuit, dans le
jardin du château et remplit de fruits deux sacs qu'il
avait apportés. Il voulut commencer par emporter chez
lui l'un des sacs.

Comme il venait de le prendre sur son épaule et
qu'il s'en allait le long du mur du jardin, il entendit
l'horloge du village sonner minuit. Le vent nocturne,

L'ogre.

qui agitait le feuillage des arbres, en faisait sortir des murmures sinistres. Tout à coup Martin vit marcher à son côté un homme noir, qui avait l'air de vouloir l'aider en portant l'autre sac.

Le maraudeur, saisi d'épouvante, poussa un cri, laissa tomber la charge qu'il portait et se mit à courir aussi vite qu'il pouvait. Au même instant l'homme noir avait laissé pareillement tomber son sac et s'était mis à courir aussi vite que Martin, restant toujours à côté de lui et ne se laissant pas devancer de la longueur d'un pouce. Il ne quitta son compagnon qu'à l'extrémité du mur du jardin.

Le lendemain matin, il ne fut question dans tout le village que de l'horrible fantôme que Martin avait vu. Lui-même avait raconté ce qui lui était arrivé; seulement il avait gardé le plus profond silence sur le vol dont il s'était rendu coupable. Mais le même jour il fut mandé chez le bourgmestre qui lui dit :

« Cette nuit tu as volé des fruits dans le jardin du château. Tu as été trahi par des sacs qu'on a trouvés et sur lesquels ton nom est marqué. C'est pourquoi je te mets en état d'arrestation. Quant au fantôme noir que tu as cru voir marcher et courir à côté de toi, ce n'était que ton ombre qui se projetait, à la clarté de la lune, sur le mur nouvellement blanchi du jardin. »

Celui qui fait le mal n'est jamais sans crainte. Une feuille qui s'agite effraye le criminel, et il fuit, ayant peur de son ombre.

Garde ta conscience pure,
Marche sans dévier dans la route du bien,
Tu n'auras, ni le jour, ni dans la nuit obscure,
Jamais à t'effrayer de rien.

XXXII

LE RUSÉ VILLAGEOIS ET SON CHEVAL

Pendant une nuit, on avait volé à un fermier le meilleur cheval qu'il eût dans son écurie. Il résolut d'en acheter un autre, et il se rendit, à cet effet, à une foire qui se tenait à quinze lieues de son village.

Quel fut son étonnement lorsque, parmi les chevaux qui se trouvaient au marché, il reconnut le sien !

Il le saisit aussitôt par la bride et s'écria :

« Cette bête m'appartient ! Il y a trois jours qu'on me l'a volée. »

L'homme qui avait conduit le cheval au marché pour le vendre, répondit fort poliment au villageois :

« Vous vous trompez, mon cher ami. Voilà plus d'un an que je possède ce cheval. Il peut fort bien ressembler à celui qu'on vous a volé ; mais il est certainement à moi. »

Aussitôt le paysan mit les deux mains sur les yeux de l'animal et dit :

« Eh bien, s'il y a, comme vous le prétendez, un an que vous possédez cette bête, je vous prie de me dire de quel œil elle est borgne. »

Le maquignon, qui avait réellement volé le cheval, mais qui ne l'avait pas encore minutieusement examiné, fut saisi de frayeur à cette question. Mais, comme il fallait bien qu'il répondît quelque chose, il dit à tout hasard :

« C'est de l'œil gauche. »

— Vous êtes dans l'erreur, repartit le fermier. Cette bête n'est pas borgne de l'œil gauche.

— Ah! c'est vrai, reprit le voleur, je me suis trompé. C'est de l'œil droit qu'elle est borgne. »

En ce moment le villageois ôta ses deux mains de dessus les yeux du cheval, et il s'écria :

« Maintenant il est évident que tu es un voleur et un menteur. Car regardez bien, vous tous qui êtes ici présents, cet animal n'est pas borgne du tout. J'ai seulement eu recours à cette ruse pour mettre le vol au grand jour et démasquer cet homme. »

Une foule de curieux s'étaient rassemblés autour du fermier et de son interlocuteur. Ils se prirent à rire, à battre des mains et à s'écrier :

« Attrapé! attrapé! »

Quant au maquignon, il dut restituer au paysan le cheval qu'il lui avait dérobé; en sus, il fut condamné pour vol à une peine très-sévère.

> Par les ruses qu'il imagine
> Le voleur a beau s'enhardir.
> Les stratagèmes qu'il combine,
> Aident souvent à le trahir.

XXXIII

LE MARAICHER ET SON ANE

Un maraîcher voulait se rendre au marché qui se tient toutes les semaines dans la ville. Il chargea donc son âne, mais d'une si grande quantité de légumes de toute espèce, qu'on ne voyait presque plus que la tête du pauvre animal. Puis il se mit en route.

Le chemin qu'il fallait suivre passait par une oseraie. Le jardinier s'y arrêta et coupa une botte d'osier dont il comptait se servir pour attacher les branches de ses arbustes.

« Un petit fardeau comme celui-là, mon âne le portera bien encore, » se dit-il.

Et il l'ajouta à la charge de l'animal.

Un peu plus loin, se trouvait une belle coudraie. Le maraîcher coupa une couple de douzaines de belles tiges toutes droites pour s'en servir en guise de tuteurs pour ses fleurs.

« Elles sont si légères, se dit-il, que mon âne s'en apercevra à peine. »

Et il les fixa à côté des tiges d'osier.

Dans ces entrefaites, le soleil était monté plus haut au ciel, et il commençait à faire très-chaud. Le maraîcher ôta donc sa blouse et la mit sur l'animal, en disant :

« Il n'y a plus qu'un pas d'ici à la ville. Ma blouse, je la porterais bien à mon petit doigt, et ma bête ne succombera pas sous un fardeau si léger. »

Mais à peine eut-il dit ces mots, que l'âne trébucha sur une pierre et tomba, pour ne plus se relever, sous la charge énorme qui l'accablait.

Alors le maraîcher consterné commença à se lamenter et s'écria :

« Maintenant je vois, à mon grand détriment, qu'on ne doit charger outre mesure ni les hommes ni les animaux. »

En toute chose il faut avoir de la mesure.
N'entreprenez pas trop, c'est agir sagement.

Quand on est trop chargé, la marche n'est pas sûre,
Et, comme le mulet, on trébuche aisément.

XXXIV

LE CHASSEUR ET SON CHIEN

Un chasseur excitait un jour son chien à la poursuite d'un lièvre qu'il venait de blesser d'un coup de feu.

« Prends ! prends ! » lui criait-il.

Et le chien se mit à courir de toutes ses forces. Il poursuivit le lièvre bien loin dans les champs, l'atteignit et le saisit avec les dents. Le chasseur accourut aussitôt, prit le lièvre par les oreilles et dit au chien :

« Lâche ! lâche ! »

Au même instant, le chien lâcha prise, et le chasseur mit le lièvre dans sa carnassière.

Plusieurs villageois avaient vu ce qui s'était passé. Un vieux métayer leur dit :

« Ce chien de chasse est une image bien vraie de l'avare. La cupidité crie à l'avare : « Prends ! prends ! » et l'aveugle obéit et court de toutes ses forces à la poursuite des biens terrestres. Puis enfin vient la mort qui lui dit : « Lâche ! lâche ! » et le pauvre homme est forcé de laisser après soi, sans en avoir joui, les richesses qu'il a amassées avec tant de peine. »

A quoi sert d'amasser des richesses sans nombre
Et des trésors qu'on a de la peine à compter ?

Car on ne peut rien emporter
Avec soi dans la nuit du tombeau froid et sombre

XXXV

LE MEUNIER ET SON FILS

Un jour un meunier et son fils conduisirent leur âne à la ville pour le vendre au marché.

Chemin faisant, ils rencontrèrent un cavalier qui leur dit en riant :

« Vous êtes vraiment des gens peu sensés pour laisser aller ainsi à vide cet animal, sans qu'aucun de vous deux songe à le monter. »

Aussitôt le père dit à son fils d'enfourcher l'âne.

Quelques moments après, ils rencontrèrent une charrette lourdement chargée. Le charretier cria au fils :

« Un vigoureux garçon comme toi devrait avoir honte de se faire porter par cette bête et de laisser cheminer à côté de lui son vieux père. »

En entendant ces paroles, le fils sauta lestement à bas de l'âne et fit monter le vieillard à sa place.

S'étant avancés un peu plus loin sur le chemin sablonneux qu'ils suivaient, ils rencontrèrent une paysanne qui portait sur la tête un panier rempli de fruits. Elle dit au meunier :

« Vous êtes vraiment un père sans entrailles pour rester si commodément assis sur cet âne, tandis que votre pauvre enfant a de la peine à vous suivre en marchant dans le sable. »

Alors le vieillard fit monter son fils auprès de lui sur l'âne. A quelque distance de là ils rencontrèrent un berger qui faisait paître son troupeau le long de la route. En voyant passer les deux hommes montés sur l'âne, le berger s'écria :

« Oh! la pauvre bête! Elle doit inévitablement succomber sous ce double fardeau. Vous êtes vraiment les bourreaux de cet animal. »

Tous deux descendirent de l'âne, et le fils dit au père :

« Que faut-il maintenant que nous fassions de cette bête, pour contenter les gens? Il nous faudra finir par lui lier les jambes, la suspendre à un bâton et la porter sur nos épaules au marché.

— Tu le vois maintenant, mon fils; on ne peut jamais réussir à contenter tout le monde, et la sagesse nous conseille de suivre cette maxime :

Va droit dans ton chemin, sans craindre qu'on te fronde.
　Fais ton devoir et pratique le bien,
　　Et ne t'inquiète de rien
　　De ce que peut dire le monde. »

XXXVI

LE CHARLATAN

Un dimanche au soir, un voyageur richement vêtu entra dans une grande auberge de village et se fit

servir un poulet rôti et une bouteille du meilleur vin.
Mais, dès la première bouchée, il se mit à gémir de
façon à faire pitié; et serrant un mouchoir blanc sur
sa mâchoire, il dit qu'un mal de dents, dont il avait
souffert horriblement pendant quinze jours, venait de
recommencer. Tous les villageois qui se trouvaient
dans la salle de l'auberge le regardaient avec une
commisération profonde.

Quelques moments après, on vit entrer un charlatan qui prit place dans un coin et demanda un verre
d'eau-de-vie. Quand il entendit la cause des gémissements de l'étranger, il lui dit :

« Oh! mon Dieu! il ne faut qu'une minute pour
vous débarrasser de votre mal. »

En disant ces mots, il ouvrit sa cassette et en tira
un petit papier doré qui était plié avec beaucoup de
soin. Après l'avoir déplié, il reprit :

« Tenez, mon bon monsieur, mouillez-vous le bout
du doigt, trempez-le dans cette poudre blanche et
touchez-vous-en la dent malade. »

L'inconnu fit ce que l'homme lui avait recommandé.

Presque au même instant il s'écria :

« Qu'est-ce qui m'arrive? En vérité, la douleur est
passée comme si un souffle me l'avait enlevée. »

Il donna au charlan une pièce de cinq francs et
l'invita à partager son repas.

Dès ce moment, ce fut, parmi les habitués de l'auberge et les gens du village, à qui obtiendrait pour
son bel argent un peu de cette poudre inappréciable.
Le charlatan vendit plus de cent paquets à raison de
cinquante centimes pièce. Y avait-il dans le village
quelqu'un qui se plaignît d'avoir mal aux dents, on

accourait avec la poudre merveilleuse. Mais, au grand étonnement de tout le monde, elle ne produisait pas le moindre effet.

La fraude finit par se découvir. Les deux voyageurs avaient concerté ce manége. La poudre blanche n'était rien qu'un peu de craie pilée. Quant au charlatan et à son compère, ils furent arrêtés et punis pour les nombreuses escroqueries dont ils s'étaient rendus coupables.

> N'écoute pas les charlatans,
> Et garde bien que tu n'y songes.
> Ce sont des marchands de mensonges
> Qu'on paye à beaux deniers comptants.

XXXVII

LE CHERCHEUR DE TRÉSORS

A l'heure où le soir commence à tomber, un étranger, vêtu d'une manière tout à fait extraordinaire, qui tenait un gros livre sous le bras et une baguette blanche à la main, entra dans la maison d'un villageois nommé Liénard.

« Je viens, lui dit-il d'un air mystérieux, vous révéler un secret. Une grande quantité d'or et d'argent est cachée dans votre champ. Si vous promettez de m'en donner la dixième partie, je m'engage à trouver le trésor. Pensez-y bien, car vous pouvez d'un seul coup devenir riche comme personne ne l'est en ce village. »

20

Liénard, tout joyeux de ce qu'il entendait, consentit à donner à l'inconnu la dixième partie du trésor. Vers minuit, tous deux se rendirent au champ, pourvus de bêches et d'une brouette. Ils creusèrent, sans souffler mot, un grand trou dans la terre ; ils ne tardèrent pas à y trouver une caisse qui était fort pesante, et, au moyen de la brouette, ils parvinrent à la transporter sans encombre dans la maison de Liénard. Alors l'étranger se mit à examiner la caisse de tous côtés, à la toucher par-ci par-là avec sa baguette, en agitant la tête et en marmottant à demi-voix toute sorte de mots inintelligibles qu'il lisait dans son livre.

Enfin il dit :

« Si nous ne voulons pas que ce trésor se transforme en charbon, il nous faut, avant d'ouvrir le coffre, employer des moyens secrets et tout à fait particuliers. Mais personne ne les connaît, si ce n'est un vieux pharmacien qui demeure à dix lieues d'ici, et qui, j'en suis sûr, ne les donnera pas à moins de deux cents francs. »

Le villageois avait précisément reçu, quelques jours auparavant, une somme semblable comme prix d'un cheval qu'il avait vendu ; il s'empressa, dans la joie de son cœur, de la remettre à l'étranger afin qu'il allât acheter le secret du vieux pharmacien. Le chercheur de trésors se mit en route avant le lever du jour, — et il ne revint plus.

Après l'avoir longtemps attendu, Liénard prit le parti de forcer la caisse ; mais, au lieu d'y trouver de l'or, de l'argent ou du charbon, il y trouva tout simplement du gravier ramassé dans le ruisseau qui bordait son champ. N'oublions pas d'ajouter qu'il y avait

Les chercheurs de trésors.

aussi un petit billet sur lequel étaient écrits ces quatre vers :

Poursuivre de vaines chimères
C'est perdre un temps bien précieux.
Aussi n'oubliez pas ce dicton sérieux :
« Qui cherche des trésors ne trouve que des pierres. »

XXXVIII

LE PÈLERIN

Dans un superbe château, dont il ne reste plus depuis fort longtemps deux pierres l'une sur l'autre, vivait autrefois un chevalier très-riche. Il dépensait des sommes considérables pour augmenter la magnificence de son manoir; mais il faisait très-peu de bien aux pauvres.

Un jour, un malheureux pèlerin se présenta à la porte du château et demanda l'hospitalité pour une seule nuit. Mais le chevalier le renvoya avec dureté en lui disant :

« Mon château n'est pas une hôtellerie. »

Alors le pèlerin lui dit :

« Permettez-moi seulement de vous faire trois questions, et je continuerai mon chemin.

— A cette condition, reprit le chevalier, vous pouvez m'interroger, et je vous répondrai bien volontiers.

— Or donc, demanda le pèlerin, dites-moi qui a habité ce château avant vous?

— Mon père, répliqua le chevalier.

— Et qui l'habitait avant votre père?

— Mon grand-père, repartit le châtelain.

— Et qui l'habitera après vous.

— Si Dieu le veut, ce sera mon fils, dit le maître du manoir.

— Eh bien, continua le pèlerin, puisque chacun n'habite cette demeure que pendant un certain temps et que l'un fait toujours place à l'autre, qu'êtes-vous ici, si ce n'est des passagers? Ce château est donc réellement une hôtellerie. C'est pourquoi dépensez moins d'argent à décorer avec tant de magnificence cette habitation qui ne doit vous héberger que peu de temps. Soyez plutôt secourable aux pauvres; vous vous bâtirez ainsi une demeure durable dans le ciel. »

Le chevalier, frappé de ces paroles, accorda l'hospitalité au pèlerin, et il devint, dès ce moment, plus charitable envers les malheureux.

> Grandeurs, richesse, honneurs, vanités de la terre,
> Tout passe et rien n'en restera.
> Des bonnes actions que nous avons pu faire
> Le trésor seul nous survivra.

XXXIX

L'ERMITE

Un prince, qui tirait grande vanité de sa beauté, de sa richesse et de son rang élevé, était un jour à la

L'ermite et le prince.

chasse dans une des parties les plus reculées de la montagne. Il y trouva un vieux solitaire qui était assis à la porte de son ermitage et qui semblait absorbé dans la contemplation d'une tête de mort.

Le prince s'approcha et lui demanda d'un ton de raillerie :

« Pourquoi regardez-vous cette tête de mort avec tant d'attention? Que présente-t-elle donc de si curieux? »

L'ermite lança au prince un regard sévère et lui répondit :

« Je voudrais savoir si cette tête a été celle d'un prince ou celle d'un mendiant. Malheureusement, je ne puis distinguer si elle a été celle de l'un ou celle de l'autre. »

> Vous pour qui souvent on dédaigne
> Les trésors de l'éternité,
> La mort est là qui nous enseigne
> Combien, richesse, honneurs, beauté,
> Vous renfermez de vanité.

XL

LE SAVANT IDOLATRE

Un jeune garçon très-pieux, qui vivait dans la maison d'un idolâtre, disait souvent :

« Il n'y a qu'un seul Dieu qui a créé le ciel et la terre. Il fait luire le soleil et tomber la pluie. Il est

témoin de toutes nos actions et entend toutes nos
prières. Lui, qui est le Dieu vivant, il peut nous punir et nous récompenser, nous sauver ou nous perdre.
Au contraire, les idoles que voilà sont faites de terre ;
elles ne peuvent ni voir ni entendre, elles ne peuvent
nous faire ni bien ni mal. »

Mais l'idolâtre ne tenait aucun compte de ces vé-
rités.

Un jour il était allé se promener à la campagne.
Alors le garçon prit un bâton et brisa les idoles. Il ne
laissa entière que la plus grande et lui mit le bâton
à la main. Quand l'idolâtre revint à la maison, il entra dans une grande colère.

« Qui a fait ceci ? » demanda-t-il.

Le garçon lui répondit :

« Ne croyez-vous donc pas que votre grande idole
ait pu renverser les autres.

— Non, s'écria l'homme, je ne crois pas cela, car
je ne lui ai jamais vu bouger la main. C'est toi, méchant drôle, qui as brisé mes dieux, et, pour te punir,
je vais te casser la tête avec ce même bâton. »

Mais le garçon répliqua sans témoigner la moindre
crainte :

« De grâce, ne vous fâchez pas. Réfléchissez seulement à ce que je vais vous dire. Si vous ne croyez
pas que votre idole ait pu faire ce que j'ai fait de ma
faible main d'enfant, comment pourrait-elle être le
Dieu qui a créé le ciel et la terre ! Ah ! croyez plutôt
au seul et vrai Dieu, notre père bien-aimé qui est
dans le ciel. »

Alors le païen rentra en lui-même ; il brisa sa dernière idole, se laissa tomber à genoux, et adora pour
la première fois le vrai Dieu.

Heureux celui que la science éclaire
Et qui cherche la vérité,
Pour trouver Dieu, ce flambeau tutélaire
De qui nous vient toute clarté !

XLI

LE PÊCHEUR CONVERTI

Mlle de Wall, personne très-pieuse, habitait sa maison de campagne, qui était située à une lieue de la ville. Un soir, comme elle venait de se coucher, et que, selon son habitude, elle lisait encore dans un livre de dévotion, un carrosse s'arrêta devant la maison. On venait la prier de se rendre auprès d'une de ses amies qui demeurait dans la ville et qui était dangereusement malade. Elle partit sur-le-champ, accompagnée de sa femme de chambre et d'un domestique.

Un voleur profita de l'occasion pour s'introduire, au moyen d'une échelle, dans la chambre de la demoiselle. Il battit un briquet dont il eut soin de se munir, fit de la lumière et se mit à la recherche des objets de valeur qu'il se proposait d'emporter dans son bissac.

Voilà qu'il trouva, sur la table de nuit placée à côté du lit, le livre de prière encore ouvert et posé près d'un flambeau dont la bougie était éteinte. Il jeta les yeux sur le livre et y lut ces paroles : « O mon « Dieu ! si j'avais passé cette journée sans avoir com-« mis de péché, combien mon sommeil serait doux !

« Si je pouvais passer le reste de ma vie sans com-
« mettre de péché, combien je trouverais douce la mort
« elle-même, que les hommes trouvent si terrible, car
« elle ne serait pour moi qu'un paisible sommeil. »

Ce passage fit une telle impression sur le cœur du
voleur, qu'il laissa là tout ce qu'il se disposait à emporter, et qu'il se hâta de se retirer par la fenêtre.
Depuis ce moment, il ne vola plus la valeur d'un centime. Sur son lit de mort, il raconta cette histoire à
ses enfants, et les exhorta à porter toujours dans
leur cœur la parole de Dieu et à le prier souvent avec
ferveur.

O parole de Dieu, voix puissante, prière,
Qui ne se laisserait par toi toucher le cœur?
Dans notre âme toujours fais briller ta lumière,
Afin de nous sauver de la mort du pécheur.

XLII

LE PAYS DES GENS RAISONNABLES

1

Dans un pays situé bien loin, bien loin d'ici, deux
villageois se présentèrent un jour devant le juge. L'un
parla en ces termes :

« J'ai acheté une pièce de terre à mon voisin que
voici. En la bêchant, j'y ai trouvé un trésor, et en

bonne conscience je ne puis le garder; car je n'ai acheté que la terre, et je n'ai aucun droit sur le trésor. »

L'autre répliqua :

« En bonne conscience, je n'ai pas plus de droit sur cet or et sur cet argent. Ce n'est pas moi qui l'ai enfoui dans le champ, et par conséquent il ne m'appartient pas. Au surplus, j'ai vendu à mon voisin non-seulement le sol, mais encore tout ce qui s'y trouve, et je n'ai fait aucune réserve pour moi.

— Maintenant, dirent-ils ensemble au juge, décidez en toute justice à qui le trésor appartient. »

Le juge leur répondit :

« J'ai appris que le fils de l'un d'entre vous veut se marier avec la fille de l'autre. Eh bien, donnez le trésor à vos deux enfants ; ce sera leur dot. »

Les braves gens promirent de faire ainsi, et s'en retournèrent satisfaits l'un et l'autre.

Ayons toujours un cœur honnête.
La probité n'est pas un jeu.
C'est un grand capital que le bon Dieu nous prête,
Et qu'il nous faut un jour rendre intact au bon Dieu.

2

Un étranger, qui avait assisté à ce débat, fut frappé de surprise.

« Dans mon pays, disait-il, les choses se seraient passées tout autrement. L'acheteur n'aurait pas eu l'idée de donner au vendeur un seul centime de cette riche trouvaille, et pour ce motif il aurait tenu bien secrète la découverte du trésor. S'il n'y avait pas réussi, l'autre aurait porté plainte en justice et réclamé l'or et l'argent. Mais le procès, qui en serait résulté, aurait probablement coûté plus que ne valait le trésor tout entier. »

Le juge, étonné de ce langage, demanda alors à l'étranger :

« Le soleil éclaire-t-il aussi votre pays ?

— Certainement, répondit l'autre.

— Y tombe-t-il aussi de la pluie ?

— Sans doute, repartit l'homme.

— Cela est étonnant ! s'écria le juge. Mais il y a peut-être aussi des vaches et des moutons chez vous ?

— Il y en a beaucoup, répliqua l'inconnu.

— Alors je comprends, dit le juge en souriant. C'est sans doute pour ces innocents animaux que le bon Dieu fait dans ce pays briller le soleil et tomber la pluie. Car, en vérité, vous ne mériterez pas qu'il le fasse pour vous ! »

> Dans le pays où la foi s'est éteinte,
> Dans le pays d'où fuit la vérité,
> Ne cherchons plus ni la concorde sainte,
> Ni le bonheur, ni la sincérité.

XLIII

LE PRISONNIER

Le chevalier Adelstan avait été fait prisonnier par ses ennemis. Le cachot où il fut jeté était d'un aspect horrible ; de gros barreaux de fer garnissaient la haute et étroite fenêtre qui y faisait à peine pénétrer les rayons du soleil ou de la lune. Le captif avait été chargé de lourdes chaînes. Après avoir essayé vainement de s'en débarrasser et de s'échapper à travers la grille de fer, il avait perdu tout espoir d'être jamais délivré de sa triste prison. Mais ce qui surtout lui paraissait dur, à lui qui avait vécu jusqu'alors dans l'abondance, c'était la misérable nourriture qu'on lui servait. On lui donnait chaque jour pour tout aliment un peu de pain noir et pour toute boisson de l'eau. Aussi lui arriva-t-il plus d'une fois d'arroser de larmes son chétif morceau de pain, et de se laisser tomber, tout affamé sur sa couche de paille.

Mais ce fut précisément cette mauvaise nourriture qui, contre l'attente de ses ennemis, servit à sa délivrance. Auparavant il avait été d'une assez forte corpulence, et maintenant il avait tellement maigri qu'il put se débarrasser plus aisément de ses fers, et se glisser, la nuit, à travers la grille et la fenêtre. Étant parvenu à s'évader, il courut toute la nuit aussi vite qu'il put et regagna son pays. Lorsque, au lever du soleil, il aperçut son château et qu'il se vit en sûreté, il tomba à genoux et s'écria :

« O mon Dieu! que je vous rends de grâces! Ce que je regardais comme un malheur était précisément un bonheur pour moi. Si l'on m'avait donné une meilleure nourriture, mes yeux n'auraient plus jamais revu votre soleil si splendide, ni ma patrie tant aimée, et j'aurais été réduit à passer le reste de ma vie dans cet horrible cachot. »

C'est par l'épreuve des douleurs

Que le on Dieu nous fortifie;
C'est par les luttes de la vie
Que le bon Dieu nous rend meilleurs.

XLIV

L'AVEUGLE

Un homme, qui était un peu faible d'esprit, eut,
en outre, le malheur de perdre insensiblement la
vue. Alors il se dit dans sa simplicité :

« Je ne comprends pas ce que peut avoir le soleil,
car il me paraît chaque jour moins brillant. Il est si
terne au firmament, qu'en vérité la lune n'est pas
plus pâle. »

Quelque temps après, sa vue s'étant encore affaiblie
davantage, il se dit :

« C'est un spectacle horrible à voir, mais il est
bien réel cependant. Le soleil ne darde plus que des
rayons blafards et d'une rougeur sinistre : chaque
feuille, chaque fleur a perdu ses belles couleurs na-
turelles ; tout ce que je vois autour de moi paraît
gris comme de la cendre ou noir comme du charbon. »

Enfin, quand cet homme fut devenu complétement
aveugle, il s'écria :

« Voilà maintenant le soleil entièrement éteint ; à
midi il fait aussi noir qu'autrefois à minuit. »

Les gens du village avaient beau l'assurer que l'astre du jour répandait toujours une lumière aussi vive
qu'auparavant. Il ne voulait pas le croire, et ne cessait de dire :

« Il n'y a plus de soleil ; une nuit profonde couvre la terre. »

L'idée ne lui vint pas un seul moment de s'expliquer, par l'extinction complète de sa vue, la cause de cette obscurité.

Un homme pieux et sage dit à ce propos :

« De même qu'il en est de l'aveugle, il en est du méchant qui a cessé de croire à Dieu et aux choses divines. Quand son esprit obscurci n'est plus capable de comprendre rien de divin, la foi consolatrice s'éteint dans son cœur. »

Mon Dieu, laissez toujours la lumière à mes yeux
Et dans mon âme aussi votre lumière pure,
Que je vous puisse aimer toujours d'un cœur pieux
Et toujours admirer votre œuvre, la nature.

XLV

LE SOURD

Un officier de marine était revenu d'une île fort éloignée. Il avait amené avec lui un jeune sauvage à qui, durant la traversée, une maladie avait totalement fait perdre l'ouïe. Un soir, quelques amis s'étaient réunis chez l'officier pour faire de la musique. Le jeune sauvage, qui n'avait aucune idée des instruments de musique qu'il voyait pour la première fois, regarda avec une vive curiosité les mouvements divers que faisaient les musiciens qui jouaient du piano, de

21

la flûte, du violon et e la basse ; puis il se mit à rire
aux éclats.

« Ces gens sont fous, disait-il ; car je ne puis
me figurer un travail plus inutile. Malgré la peine
qu'ils se donnent, cela ne produit pas le moindre
effet. »

Cependant avec l'aide de Dieu et grâce à la science
d'un habile médecin, le jeune homme recouvra l'ouïe.
De quel étonnement il fut alors saisi en entrant dans
la salle du concert et en remarquant que chaque mouvement des doigts, chaque souffle de la bouche et
chaque coup d'archet avaient leur importance et pro-
duisaient les sons les plus agréables !

« Oh ! que j'étais insensé, s'écria-t-il, de me moquer de ces artistes ! Quel plaisir ils font naître par
leur art !

— Nous ressemblons parfois à ce sauvage, dit
l'officier. Nous jugeons les voies de la divine Providence, sans savoir exactement les motifs pour lesquels Dieu permet telles ou telles choses. Si nous
parvenons un jour à connaître ces motifs, nous trou-
verons, dans tout ce qu'il fait, la même harmonie
que dans la musique la plus merveilleuse. »

Dans la création, dans votre œuvre infinie,
Parfois l'homme, ô Seigneur, croit voir un désaccord,
Mais l'œil de notre esprit peu clairvoyant a tort,
Car vous ne faites rien qui ne soit harmonie.

Le sourd.

XLVI

LE NÈGRE

A une heure avancée de la soirée, un vieux nègre se présenta à la porte d'un marchand et dit d'une voix suppliante :

« Le maître que j'ai servi avec fidélité pendant vingt ans m'a renvoyé parce que je suis trop vieux et que je ne puis plus travailler. Me voilà réduit à errer sans asile et à demander un morceau de pain. à la porte des personnes charitables. »

Le marchand, sa femme et ses enfants eurent grand'pitié du pauvre nègre. Cependant la petite Charlotte disait :

« Seulement s'il n'était pas si noir ! J'ai presque peur de lui. Puis il faut se garder de lui donner un lit, car il le rendrait noir comme de la suie. »

La naïveté de Charlotte fit rire ses frères et ses sœurs. Mais le père éclaira la simplicité de l'enfant, fit entrer le nègre et donna l'ordre de lui servir à manger et de le conduire ensuite dans une chambre à coucher.

Vers minuit, le nègre fut tiré de son sommeil par un léger bruit. Il aperçut deux voleurs qui venaient d'escalader les fenêtres et dont les sabres brillaient au clair de la lune. Au même instant il sauta hors du lit et s'écria d'une voix terrible :

« Que voulez-vous ? »

A l'aspect de cette figure noire, les voleurs se crurent en présence du diable en personne ; et, saisis d'effroi, ils sautèrent par la croisée. Mais ils se blessèrent si grièvement en tombant sur le pavé, qu'il ne leur fut plus possible de se relever. Ils furent pris et reçurent le juste châtiment des crimes nombreux qu'ils avaient commis.

Alors le marchand dit au nègre :

« Dès ce moment tu auras toujours un asile dans ma maison, et tu passeras avec nous le reste de ta vie ; car pour un petit bienfait que tu as reçu de nous, tu nous as rendu un très-grand service. Oui, Dieu nous a richement récompensés de l'hospitalité que nous t'avons acordée, et c'est toi, bon noir, qu'il a choisi pour être notre ange protecteur, pour nous sauver de la mort et nous préserver du pillage. »

> Offre à tout malheureux une main secourable;
>   C'est suivre la loi du Seigneur;
> Et songe, quand tu fais du bien à ton semblable,
> Qu'il peut un jour aussi te sauver du malheur.

XLVII

LA JEUNE PERSONNE ENTERRÉE VIVANTE

Une jeune personne, qui appartenait à une famille noble, venait de mourir. On mit le corps, vêtu de blanc, dans un cercueil. Ses cheveux étaient ornés d'un cordon de perles fines, et elle avait à la main droite une bague d'or garie de diamants ; car ses parents voulaient, dans leur affliction, qu'elle emportât dans le tombeau ces objets qu'elle avait aimés.

La nuit suivante, le fossoyeur, muni d'une petite lanterne, se glissa furtivement dans le cimetière et déblaya la fosse où le corps avait été descendu. Puis il ouvrit le cercueil pour en enlever les joyaux. Mais, au même instant, la morte se mit sur son séant, regarda fixement l'homme et lui demanda d'une voix sourde :

« Que me veux-tu ? »

Le fossoyeur, saisi d'épouvante, s'enfuit à toutes jambes.

La demoiselle, qui n'était pas morte réellement et qui était seulement tombée dans une léthargie profonde, sortit de la fosse, prit la petite lanterne que le fossoyeur avait abandonnée, et retourna à la maison paternelle. Quand elle entra dans le salon, son père et sa mère furent d'abord presque anéantis de terreur. Mais bientôt ils éprouvèrent une joie non moins grande en reconnaissant leur fille saine et sauve.

> Au doux soleil de la vie éternelle
> Quand nous serons ressuscités un jour,
> Les anges du Seigneur viendront avec amour
> Aussi nous tendre une main fraternelle.

XLVIII

LA MÈRE PIEUSE ET SES FILS

Un jour de fête, une dame noble dit à ses deux fils :

« Hélas ! combien je regrette de ne pouvoir aller aussi à l'église aujourd'hui et, avec les milliers de personnes qui s'y rassemblent, invoquer Dieu, le Tout-Puissant? Mais nous sommes trop éloignés de la ville pour que je puisse faire la route à pied, et notre voiture ne nous sert à rien depuis que le fâcheux état de nos affaires nous a forcés de vendre nos chevaux.»

Les fils traînèrent aussitôt le véhicule devant la porte et s'offrirent à transporter leur vieille mère à l'église qui se trouvait bien loin de l'endroit où ils étaient. La pieuse dame entra dans la voiture, et les dignes jeunes gens s'y attelèrent en guise de chevaux.

Le peuple de la ville fut touché jusqu'aux larmes par la piété de cette mère et par le bel exemple d'amour filial que donnaient ses enfants. Il sema de fleurs et de verdure leur chemin depuis la porte de la ville jusqu'à l'église, et il ne cessa de crier avec enthousiasme :

D'un amour filial aimons également

Les auteurs de nos jours et Dieu, notre bon père,
Qui nous attend, bien loin de cette vie amère,
Au ciel, où nous devons vivre éternellement !

2

C'est escortés des joyeuses acclamations du peuple,
que les fils arrivèrent à l'église. Leur bonne mère s'a-
genouilla en pleurant devant l'autel, et elle se mit à
prier du plus profond de son cœur :

« Dieu notre père bien-aimé, bénissez mes deux fils
et faites pour eux ce que vous jugerez le plus utile à
leur bonheur. »

Les enfants ramenèrent leur mère à la maison, et le
soir ils allèrent se coucher, contents et satisfaits. Le
lendemain matin, quand elle voulut les réveiller, ils
étaient là, beaux et charmants comme deux anges endormis; mais ils ne se réveillèrent plus.

Elle fut d'abord très-effrayée de la mort de ses fils
qu'elle aimait tant. Mais elle se résigna et dit :

« Mon Dieu, qui êtes la bonté même, vous avez
écouté ma prière. Je le vois maintenant, une mort
douce et bien heureuse est ce que l'homme peut souhaiter de meilleur. Maintenat voilà mes enfants auprès de vous. La terre n'était pas assez riche pour
récompenser leur piété filiale; c'est pourquoi vous les
avez appelés dans le ciel. »

Au-devant de la mort l'homme pieux et juste
   S'avance avec sérénité.
Car elle nous conduit vers le séjour auguste
Des élus du Seigneur et de l'éternité.

21.

XLIX

LES LARMES D'UNE MÈRE

Une jeune personne reçut un jour une lettre conçue dans les termes les plus flatteurs et les plus séduisants. Pleine de cette confiance filiale qui constitue aussi un devoir des enfants, elle courut montrer la lettre à sa mère. Celle-ci, qui aimait passionnément sa fille, s'alarma si vivement à la lecture de cet écrit, qu'elle changea de couleur et que ses larmes roulèrent sur le dangereux papier. Alors sa charmante enfant lui dit :

« O ma mère bien-aimée, soyez sans inquiétude. Vos larmes ont effacé jusqu'à la dernière syllabe les flatteries et les protestations que ces pages contiennent. »

A ces paroles la mère l'embrassa et lui fit présent d'une bague ornée de plusieurs diamants qui jetaient plus d'éclat que des gouttes de rosée aux rayons du soleil.

« Toutes les fois, dit-elle à sa fille, qu'on t'adressera encore de semblables flatteries, jette les yeux sur ces pierres et figure-toi que ce sont les larmes de ta mère. »

> Rappelle-toi toujours les larmes de ta mère,
> Porte-les dans ton cœur, talisman précieux
> Qui puisse te garder du vice, chose amère,
> Et te faire arriver sans tache au seuil des cieux.

Les larmes d'une mère.

L

LE PÈRE MOURANT

Un bon père était dangereusement malade, et l'heure de sa mort semblait prochaine. Dans la matinée du dernier jour de sa vie, il appela tous ses enfants auprès de son lit de douleur et les exhorta à la pratique de toutes les vertus. Mais il leur recommanda particulièrement de fréquenter toujours avec zèle les instructions religieuses et de les écouter avec recueillement.

« Mes chers enfants, leur disait-il, j'ai vécu cinquante ans, et j'ai eu dans ce monde bien des joies en partage ; mais les joies les plus douces, les plus saintes, et le plus réellement célestes, c'est la religion qui me les a procurées ; elle a conservé pures toutes mes joies terrestres, elle les a élevées et ennoblies. Je vous l'atteste devant Dieu. J'ai vécu cinquante ans ; j'ai beaucoup souffert et soutenu bien des luttes difficiles ; mais, dans toutes mes angoisses, j'ai trouvé la meilleure consolation et le secours le plus efficace dans notre sainte religion seule. Je vous l'atteste devant Dieu. J'ai vécu cinquante ans, et j'ai été souvent bien près du tombeau ; je n'atteindrai certainement pas ce soir, et cependant je vous le dis par expérience et en présence de Dieu, la puissance divine de la religion est seule capable d'ôter à la mort ses terreurs ; la foi sainte en notre Rédempteur peut seule nous donner le courage et la force nécessaires pour entrer avec confiance dans l'éternité et apparaître sans crainte devant le souverain Juge. C'est pourquoi, je vous en conjure, appliquez-vous à apprendre, à connaître parfaitement notre divin Sauveur et à suivre sa sainte doctrine, afin que vous soyez agréables à Dieu, que vous viviez contents et qu'un jour vous mouriez saintement. »

Les enfants écoutèrent ce pieux langage en pleurant à chaudes larmes. Le père mourut une heure après ; mais ses dernières paroles, ils les gravèrent profondément dans leur cœur ; ils les suivirent fidèlement, et ils apprirent alors par expérience qu'elles sont la vérité.

> La parole de Dieu, c'est le plus sûr chemin,
> La route la plus belle ;
> Car elle nous conduit par le désert humain
> A la vie éternelle.

FIN

TABLE DES MATIÈRES

Pages

PRÉFACE 1

PREMIÈRE PARTIE.

I.	Le jardin.	1
II.	Les plus belles fleurs	3
III.	Les roses.	4
IV.	Le lis	6
V.	L'œillet	7
VI.	Le muguet.	8
VII.	Le myosotis.	10
VIII.	Le réséda.	11
IX.	La couronne de fleurs.	12
X.	Les fraises.	13
XI.	Les cerises	18
XII.	Le jeune pommier.	19
XIII.	Les pommes.	23
XIV.	Le grand poirier	24
XV.	La poire.	
XVI.	Les prunes	26
XVII.	La noix	28
XVIII.	Le brou de noix	29
XIX.	La coquille de noisette	30
XX.	Les noix dorées	31
XXI.	Les châtaignes.	33
XXII.	Les raisins.	34
XXIII.	Le cep de vigne	36
XXIV.	Le vignoble	37

		Pages.
XXV.	La branche verte	38
XXVI.	L'éclat de bois	39
XXVII.	Les feuilles de chou	40
XXVIII.	Le gros chou	42
XXIX.	Le navet	43
XXX.	Le beau fruit couleur de pourpre	44
XXXI.	L'arbre aux pièces d'or	47
XXXII.	L'herbe précieuse	49
XXXIII.	La graine de pavot	50
XXXIV.	Les citrouilles	54
XXXV.	Le gland et la citrouille	55
XXXVI.	Le beau chêne	56
XXXVII.	Le grand hêtre	58
XXXVIII.	Le saule et le chêne	60
XXXIX.	Les champignons	61
XL.	Le champ	62
XLI.	Les épis de blé	63
XLII.	La paille et l'osier	64
XLIII.	Les pois	65
XLIV.	Le lin	66
XLV.	La borne	68

DEUXIÈME PARTIE.

I.	Les oiseaux	69
II.	Le serin	70
III.	Les hirondelles	72
IV.	Les moineaux	73
V.	Les pigeons	77
VI.	Le coq	78
VII.	La poule	80
VIII.	L'œuf	81
IX.	L'oie	83
X.	Les bréants	84
XI.	La mésange	87
XII.	Le sansonnet	89
XIII.	La cigogne	90
XIV.	Le coucou	91

Pages.

XV. Le nid de perdrix 92
XVI. Le grand nid d'oiseaux. 93
XVII. Le perroquet. 95
XVIII. Le beau cheval de selle. 96
XIX. Le fer à cheval. 100
XX. Le clou à cheval 101
XXI. La vache. 102
XXII. La clochette de la vache 104
XXIII. Les moutons. 106
XXIV. Le bouc. 108
XXV. Le cerf. 112
XXVI. Le lion 113
XXVII. La souris. 117
XXVIII. Le loup. 118
XXIX. L'ours 119
XXX. Le singe 121
XXXI. La vipère. 122
XXXII. Le lézard. 123
XXXIII. Les poissons rares. 125
XXXIV. Les carpes. 126
XXXV. L'hameçon d'or 130
XXXVI. Les abeilles. 131
XXXVII. Les abeilles et les roses. 132
XXXVIII. Les deux papillons. 133
XXXIX. Les mouches et les araignées. 135
XL. Les perles. 139
XLI. L'or. 140
XLII. Les pierres précieuses. 142
XLIII. Les cailloux 143
XLIV. Le pavé 144
XLV. Le sac de terre. 147

TROISIÈME PARTIE.

I. Le soleil 149
II. La lune 150
III. La plus belle étoile. 154
IV. Le soleil et la pluie 156

		Pages.
V.	La pluie	157
VI.	L'orage	158
VII.	L'arc-en-ciel	162
VIII.	Le plat de l'arc-en-ciel	163
IX.	L'écho	165
X.	La source	166
XI.	Les quatre éléments	167
XII.	Le pain	169
XIII.	L'eau et le pain	171
XIV.	Le lait	172
XV.	La soupe	176
XVI.	L'oie de la Saint-Martin	177
XVII.	Les épices	179
XVIII.	Le pot de miel	180
XIX.	Les remèdes domestiques	183
XX.	La pièce d'or	184
XXI.	La pièce de cinq francs	187
XXII.	L'argent bien employé	188
XXIII.	Les richesses mal employées	189
XXIV.	La bourse	191
XXV.	La bague de diamant	195
XXVI.	La tabatière d'or	197
XXVII.	La tête de pipe	199
XXVIII.	La montre d'argent	201
XXIX.	Le cordon de montre	202
XXX.	La borbeille à tricot	206
XXXI.	La cassette merveilleuse	207
XXXII.	Le taffetas	211
XXXIII.	Le beau chapeau de taffetas	213
XXXIV.	Le cordon de perles	215
XXXV.	La petite croix d'ébène	217
XXXVI.	Le miroir	218
XXXVII.	Le portrait	219
XXXVIII.	La robe neuve	220
XXXIX.	Le vieux manteau	222
XL.	Les souliers	224
XLI.	Le clou de soulier	227
XLII.	Les sept baguettes	228

Pages.

XLIII.	La chaîne	230
XLIV.	La corde	233
XLV.	La foire	234
XLVI.	Les masques	235
XLVII.	Le trésor de la forêt	237
XLVIII.	Le cadeau de fête	238
XLIX.	Les trois livres	239
L.	Le pays fortuné	241

QUATRIÈME PARTIE.

I.	Le bon père	245
II.	L'enfant qui prie	247
III.	Le bon fils	248
IV.	Les bons frères	252
V.	Les frères bien différents	254
VI.	La sœur pieuse	256
VII.	Les deux sœurs bien unies	257
VIII.	La pieuse grand'mère	259
IX.	Le page	261
X.	L'heureux berger	262
XI.	Le trésorier du roi	264
XII.	Le petit vannier	265
XIII.	Le petit pêcheur	267
XIV.	Les servantes paresseuses	268
XV.	La petite vaniteuse	269
XVI.	La petite orgueilleuse	270
XVII.	L'adroite servante	271
XVIII.	Le malicieux	273
XIX.	L'écouteur aux portes	274
XX.	La ménagère soigneuse	276
XXI.	Pauvreté et bienfaisance	278
XXII.	Les bons voisins	280
XXIII.	Le riche charitable et le pauvre reconnaissant	281
XXIV.	La mendiante	282
XXV.	Le prince fugitif	284
XXVI.	Le jardinier généreux	288
XXVII.	Le maraudeur	289

Pages.

XXVIII. Le brigand...................................... 290
XXIX. Les trois brigands............................... 291
XXX. L'ogre.. 292
XXXI. Le fantôme..................................... 294
XXXII. Le rusé villageois et son cheval................ 298
XXXIII. Le maraîcher et son âne....................... 299
XXXIV. Le chasseur et son chien....................... 301
XXXV. Le meunier et son fils......................... 302
XXXVI. Le charlatan.................................. 303
XXXVII. Le chercheur de trésors...................... 305
XXXVIII. Le pèlerin................................... 309
XXXIX. L'ermite..................................... 310
XL. Le savant idolâtre........................... 313
XLI. Le pécheur converti......................... 315
XLII. Le pays des gens raisonnables................ 316
XLIII. Le prisonnier................................ 318
XLIV. L'aveugle.................................... 320
XLV. Le sourd.................................... 321
XLVI. Le nègre.................................... 325
XLVII. La jeune personne enterrée vivante............ 326
XLVIII. La mère pieuse et ses fils.................... 328
XLIX. Les larmes d'une mère 330
L. Le père mourant............................ 333

FIN DE LA TABLE DES MATIÈRES.

Paris. Imp. LALOUX fils et GUILLOT, rue des Canettes, 7.

Typographie Lahure, rue de Fleurus, 9, à Paris.

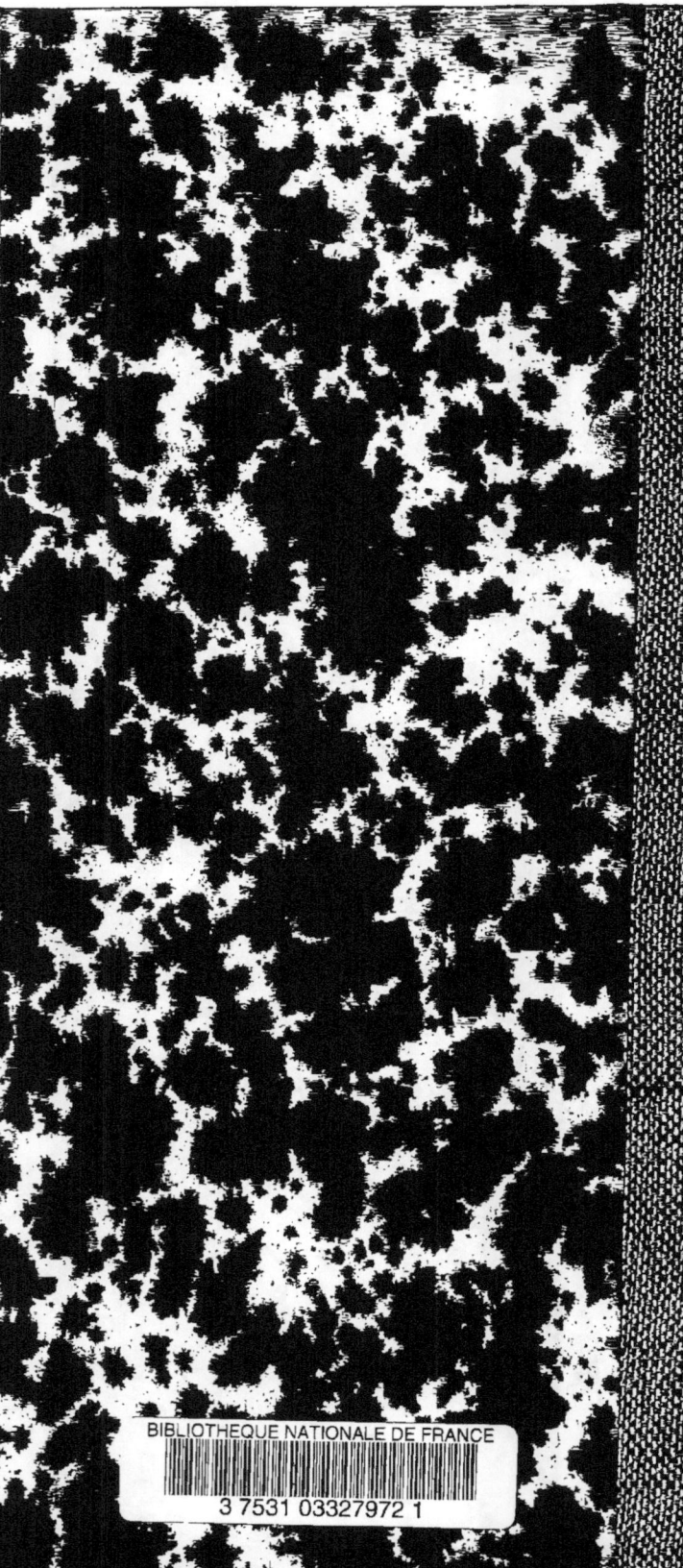

www.ingramcontent.com/pod-product-compliance
Lightning Source LLC
Chambersburg PA
CBHW070258030726
47505CB00004B/848